月亮與六便士

The Moon and Sixpence

毛姆

陳逸軒——譯

目錄

如何變成無法想像的人

——毛姆《月亮與六便士》的藝術人生

鴻鴻

印地安人有句話說：「不要害怕你會變成什麼樣的人。」然而我們通常是怕，怕得要死。我們不斷用種種聖賢的恐嚇來規範自己和下一代，不要隨心所欲，變成自己和這個社會都無法想像的人。

然而毛姆的小說《月亮與六便士》，就在描寫這樣一種驚心動魄的蛻變歷程。

這本小說借用畫家高更的生平素材，描述一個中年股票經紀人，突然捨棄成功的職業、地位與美滿家庭（妻子和兩個小孩），離家出走，開始全心作畫。歷經窮困、漂泊的煎熬，最後貧病終老於大溪地的原始森林中。書名源自一句玩笑話：當你仰望月亮時，往往忘了腳下的硬幣。月亮是理想，硬幣是現實，這是每個人生命中都必須面對的課題，兩者並不必然相違。然而毛姆的小說，卻藉著故事抽絲剝繭的重重論證，讓讀者尋思自己到底得了什麼，捨棄了什麼。

神話學家坎伯引述過一個美國老婦人的經歷：她少女時曾在森林中聽見一首奇異的歌，卻不知如何去回應，而與這首歌失之交臂。此後終其一生，都覺得自己沒有真正活過。這種薩滿式的召喚，往往會被歸為心理疾病。然而這也可能是生命體驗、或藝術創造的真實召喚。一旦錯過了，人到中年便容易陷入危機，迷失方向。但中年之後，要拋棄既有的一切，重新開始，卻往往更為艱難。

《月亮與六便士》描述的英國畫家史崔蘭，便是中年轉型的例證。他的股票生涯雖然成功，生活卻了無情趣。直到他奔向繪畫（妻子還以為他奔向外遇）之後，突然本性畢露：粗野、冷酷、稜角分明。毛姆刻意把他塑造得毫不討喜，卻值得敬畏。他的追求藝術不是附庸風雅，更不是貪求名利，他只順應心中的渴望，義無反顧地畫下去，不計成敗毀譽。

作者把他和一般反叛者劃清界限：「當人們說他們不在乎別人怎麼看待他們的時候，大多只是在欺騙自己。」「至多只是他們情願違背大多數人的意見而行，因為有鄰人贊同他們。要在世人面前當個違背傳統的人並不難，你違背的只是自己環境中的傳統。」

史崔蘭做的不是這種安全的反叛。書中對於他藐視他人見解，多所著墨。他不在乎自己的畫作賣不出去、乏人欣賞，甚至對自己的成品並不感興趣，只為了滿足內在需求創作而已。

鼓勵大家「活出自我」的人，往往會舉一些成功者為例。但是很少有人會告訴你失敗了怎麼辦——倘若放棄了努力半生的事業，立志當一名藝術家，結果，很可能你只能成為一個二三流或不入流的藝術家，那你還願意嗎？

毛姆對史崔蘭的刻畫，恰恰解答了這個問題。當然他身後成了名留青史的開拓者，但對他本人而言，這些並無關緊要。要緊的是，他終於為自己而活，而不是為求別人的認可而活。換句話說，倘若史崔蘭的畫作始終乏人問津，也無損於他的價值。他已按照自己的意願活過了。書中還舉出一個年輕時放棄錦繡前程的醫科學生，落腳希臘港口；另有個船長舉家遷到無人小島，漁耕為生。他們都以儉樸的生活為最大滿足，不畏前途茫茫。印證了坎伯說的：「人生追求的是生命的經驗，而非意義。」

這本將近一百年前的小說，有古典敍事的曲折魅力。作者假託為一名局外人，一個年輕作家，因緣際會得識史崔蘭的妻子，從而間接認識了改變前的史崔蘭，後來又被派遣成為說客。藉著一個個人物被牽引出場，宛如推理小說逐漸深入核心。得以藉著幾個凡夫俗子，對照出各種不同的生命選擇。其中最精采的，是一位見解卓越的拙劣通俗畫家史特洛夫。他一眼看出史崔蘭的才華，無怨無悔提供協助，但史崔蘭卻對他不假辭色，最後甚至還搶走史特洛夫鍾愛的妻子。這情節大概參照了華格納搶走崇拜者畢羅妻子柯西瑪一事，但史崔蘭的行徑比華格納過分得多。柯西瑪至少還成了華格納的繼承人，史崔蘭卻始亂終棄，任其自殺：「她自殺並非因為我離開她，而是因為她是個愚蠢、精神錯亂的女人。」這評語看似無情，卻真切地扣回主題——每個人都該為自我的生命負責，不該把自身的成敗寄託在別人身上。

身為一整個世代最受歡迎的小說家與劇作家，毛姆卻以其公開的同志身分、與驚世駭俗的個人行徑，和他的作品交相印證，不斷挑戰主流價值。《月亮與六便士》的生命追求，而今或已並不罕聞，但他的尖銳大膽與深刻思辨，吸引我們自問「如何不怕變成無法想像的人」，仍然繼續引人入勝。

1

我承認自己剛認識查爾斯．史崔蘭時，絲毫不曾察覺他有任何與眾不同之處。然而如今卻很少人會否定他的偉大。我所謂的偉大並非走運的政客或成功的軍人所成就的功名：那種偉大源自於所處的地位，並不屬於本人，只要時移事遷就會變得微不足道。一國首相下台後，常被看穿過往只是個口若懸河的說客；而沒了軍隊的將軍，不過是卸甲歸田的落魄英雄。查爾斯．史崔蘭的偉大則是真正的偉大。你或許並不欣賞他的藝術，但無論如何你無法不對他感到興趣。他撼動你的心思，吸引你的目光。他已不再遭人奚落，擁護他不再被視為異端、頌揚他也不會被當成反骨的行為。他的缺點已為人所接受，當成他優點必然的條件。他在藝術界的地位還有可以討論的空間，其仰慕者的恭維或許一如批評者的非難般反覆無常；不過有件事情無庸置疑，那就是他的確天縱英才。對我來說，藝術最有趣的一點就是藝術家的性格；只要其性格卓異非凡，我就願意原諒他千百個缺陷。我想維拉斯奎茲（Velasquez）是比艾爾．葛雷柯[1]還要傑出的畫家，但習以為常卻讓人對他的欣

---

1 〔譯注〕El Greco，出身自克里特島。

賞逐漸疲軟：那名克里特人身上散發官能與悲劇的氣息，如供奉祭品般獻上自己神祕的靈魂。藝術家、畫家、詩人或音樂家，不論他們妝點的作品崇高或美麗，都滿足了人們審美的意識；但這一點近似性的本能，也同樣野蠻粗暴：藝術家同樣在你面前獻上了自己。追尋他的祕密有如偵探小說一樣令人著迷。那是一個跟宇宙一樣沒有答案的謎。就連史崔蘭最不重要的作品裡，都可以看出他的性格古怪、煎熬而複雜；就是這一點讓不喜歡他畫作的人，也不能對他漠不關心；也正是這一點讓眾人對其生平及個性備感好奇。

一直要等到史崔蘭過世四年後，由於莫里斯．雨荷在《法國信使報》上寫的那篇文章，這位沒沒無聞的畫家才免於遭人遺忘的命運，而那篇文章也為後來的作家開闢了他們或多或少都遵循的先路。有很長一段時間在法國無人能挑戰他的權威，他筆下宣稱的事情讓人很難不嘖嘖稱奇；那些事情看似誇張，但後人卻證實所言不誤，如今查爾斯．史崔蘭的名聲都建立在他筆下的記述上。他的聲名鵲起是藝術史上最傳奇動人的篇章。但我不打算論述查爾斯．史崔蘭的作品，除非那會涉及他本人的性格。我不同意某些目空一切的畫家的論調，他們宣稱外行人不可能懂繪畫，要欣賞他們作品最好的方法就是閉上嘴拿出支票本來。這是一種可笑的誤解，把藝術視為一種只有工匠能通透的技藝：藝術是情感的呈現，而情感訴諸的語言所有人都能領會。不過我認同沒有實際技術知識的評論者，很難對這樣的主題做出有真正價值的評論，而我對繪畫的無知莫過於此。幸好我毋須冒這個險，因為我的友人愛德華・雷格特先生，在一本小冊子[2]裡詳盡地討論了查爾斯・史崔蘭的作品；雷格特先生本身是寫作能手，繪畫也相當出色，他這本書的寫作風格迷人，很可惜這樣的風格在英國不如法國那樣常見。

莫里斯・雨荷在他那篇著名的文章中勾勒出查爾斯・史崔蘭生平的概要，巧妙地激發好奇者進一步了解的興趣。他對藝術的熱情並無私心，他真正想要的是喚起有識者來關注這樣一位創意非凡的天才；但他也是一名傑出的記者，他知道引起「人們的興趣」能讓他更輕易達成目的。有些在倫敦就認識他的作家，或是在蒙馬特咖啡館裡遇見他的畫家，這些過去曾經跟史崔蘭接觸過的人，訝異地發現他們眼中那名落魄的畫家，居然是一名貨真價實的天才，此時法國與美國的雜誌上開始出現一連串文章，有的重提往事，有的謳歌讚賞，而這些都助長了史崔蘭的名聲，更讓大眾的好奇心愈發強烈。這個主題很慶幸有懷特布雷希特—羅托茨努力的考據，他在自己的專論巨作[3]裡洋洋灑灑地列出可靠的資料出處。

人類天生就有製造神話的能力。在那些與眾不同的人物的生涯裡，人們貪婪地抓住任何驚奇或神祕的事蹟，然後捏造出自己深信不疑的傳說。這是傳奇故事對平凡人生的

[2] 愛爾蘭皇家海柏尼恩學院準會員愛德華・雷格特著（1917），《一位現代藝術家：查爾斯・史崔蘭作品評論》。馬丁・塞克出版。

[3] 修戈・懷特布雷希特—羅托茨博士著（1914），《史崔蘭的生平與藝術》。萊比錫：史溫格與漢尼許出版。

反撲。傳說中的事蹟確保主人翁能通往永垂不朽的境界。沃爾特・雷利爵士（**Sir Walter Raleigh**）如今在人類共同的記憶裡占有一席之地，是因為他脫下自己的披風讓童貞女王[4]墊腳走過，而非因為他將英國的名聲傳到未知的國度，習於反諷的哲人思及此處必定哂笑。查爾斯・史崔蘭在世時沒沒無聞。他的敵人多過於朋友。那麼寫文章談論他的人以充沛的想像力補足自己貧瘠的回憶，自然也不奇怪了，而顯然關於他已知的鮮少事蹟，已足以讓秉性浪漫的文士文思泉湧；他的人生充滿奇怪而駭人的遭遇，他的性格帶著踰矩的色彩，而他的命運多有令人悲憫之處。這樣的情況自然催生出傳奇來，明智的史學家都會謹慎地不去挑戰它。

但羅伯特・史崔蘭牧師恰恰不是一位明智的史學家。他挑明自己寫作那本傳記[5]的目的，正是要澄清關於他父親後半生「某些廣為流傳的誤解」，這些誤解「對仍在世的人造成不小的困擾」。顯然坊間流傳的史崔蘭生平，許多地方都讓這樣一個有頭有臉的家庭感到困窘。我懷抱著很大的興味拜讀這部作品，我也很佩服自己這樣做，因為它實在索然無味。史崔蘭先生筆下描繪出一名傑出的丈夫及父親，一名性情和藹、努力勤奮、品行端正

4 〔譯注〕即終身未嫁的伊莉莎白一世。

5 查爾斯・史崔蘭之子羅伯特・史崔蘭著（1913），《史崔蘭：其人與其作品》。海涅曼出版。

的人。現代的牧師在研讀解經學的過程中，獲得了一種將事情避重就輕解釋的驚人能力，不過羅伯特．史崔蘭牧師「詮釋」自己父親人生中所有事實的細膩手法，可能是身為孝順兒子的他比較想記得的父親面貌，而這樣的細心假以時日想必能讓他登上教會裡的大位。我已經能想像他強健的小腿肚裹上主教的襪套。這樣做很冒險，雖然可能也很勇敢，因為眾所流傳的傳說對史崔蘭的聲名大噪功不可沒；因為許多人之所以為他的藝術所吸引，是源自於對他人格的嫌惡或是對他喪命的同情；而兒子這樣一番好意等於是對父親的欽慕者澆了冷水。因此他最重要的一件作品《薩馬利亞之女》[6]，在史崔蘭先生的傳記出版引起討論後，售給佳士得的價錢比九個月前足足短少了兩百三十五英鎊也絕非意外；因為當時購入的知名收藏家不幸猝死，才讓這件作品又回到了拍賣場上。倘若不是人類奇特的造神能力，讓渴望超凡出世的人們對這個令人失望的故事嗤之以鼻，或許單憑查爾斯．史崔蘭本人的力量和創造力還不足以扭轉情勢。而目前懷特布雷希特—羅托茨博士的著作，終於讓所有藝術愛好者的疑慮一掃而空。

6 這幅作品在佳士得目錄裡的描述如下：一名社會群島原住民的裸女，躺臥於溪流旁的地面上。背後則是有著棕櫚樹、香蕉等等的熱帶風景。

懷特布雷希特─羅托茨博士屬於那種相信人性之惡深不可測的歷史學家；讀者可以確保能在他們手中獲得閱讀的樂趣，不像某些心懷不軌的作者，總樂於將傳奇故事中的偉大人物描寫成循規蹈矩的樣板人物。就我自己而言，我可不想安東尼與克麗歐佩特拉之間除了金錢往來別無糾葛；想說服我提庇留（Tiberius）是和喬治五世（King George V）一樣無從非難的君王，那可需要──感謝老天爺──比現有更充足的證據才行。懷特布雷希特─羅托茨博士曾經以犀利的言詞批評羅伯特．史崔蘭牧師版那本無害的傳記，以致你不得不同情起這個倒楣的傢伙。他的語帶保留被貼上虛偽的標籤，含蓄委婉則毫不留情地被斥為謊言，三緘其口卻被汙衊為言而無信。這些小過錯身為作者理應受到譴責，但身為人子還情有可原，不過卻連累整個盎格魯撒克遜民族都被罵了進去，被他批評為過分拘謹、虛假、自命不凡、詐欺、狡猾，還有廚藝欠佳。我個人則認為史崔蘭先生駁斥他父母之間存在著某些「不快」太過輕率，畢竟這種說法已深入人心；他宣稱查爾斯．史崔蘭在從巴黎寄來的信件裡，形容她「這個女人真不得了」，然而懷特布雷希特─羅托茨博士在書中印出信件複本，他說的那句話原文其實如下：**我老婆真是天殺的。她這個女人真不得了。我多希望她下地獄。**教廷在當年權威鼎盛的時期，也不會這樣處理對自己不利的證據。

懷特布雷希特─羅托茨博士是查爾斯．史崔蘭的熱情崇拜者，不必擔心他筆下會將他漂白。他的眼力精準，總能看穿貌似單純無辜的行為背後可鄙的動機。他不只學過藝術，同時也是精神病理學家，潛意識的祕密在他面前幾乎無所遁形。連神祕主義者也沒像他那樣，可以在平常的事物中看到深沉的意義。神祕主義者眼中看到的是難以言喻之事，精神病理學家看到的卻是無法說出口的事情。看著這位學識淵博的作者，熱切地搜出各種可能損及主人翁名譽的事證，莫名地令人著迷。只要能提出其為人殘酷或卑劣的事證，他對他的同情便會增溫；要是能找到被人遺忘的事蹟來擊潰羅伯特．史崔蘭牧師的一片孝心，他就會像宗教審判官將異端者定罪一樣地興高采烈。他的孜孜不倦令人讚歎。沒有任何小事逃得過他的法眼，倘若查爾斯．史崔蘭積欠洗衣店任何一條帳款，他一定會鉅細靡遺地列出來；要是他跟人家借了半毛錢沒還，整個金錢往來的細節也絕不會遺漏。這一點你可以放心。

2

關於查爾斯．史崔蘭的一切已有許多著述，我再寫些什麼似乎有些多餘。畫家的紀念碑就是他的作品。的確，我比大部分人都還要熟悉他：我在他還沒成為畫家之前便已認識他，他在巴黎那幾年艱困的日子裡我也頗常見到他；但若不是受到戰爭波及使我來到了大溪地，我想我也不會記錄下自己的回憶。一如眾人所知，他在那裡度過晚年時光，而我也在那裡遇見了一些熟識他的人。我發現自己正好可以針對他悲劇性的生涯中最隱晦的那段時間，做出澄清說明。倘若那些相信史崔蘭之偉大的人沒錯，那麼認識他本人的人現身說法，自然不嫌多餘。假如有人像我對史崔蘭一樣熟識艾爾．葛雷柯的話，我們豈不願意付出任何代價來換得那個人對他的回憶？

不過我並不以這樣的託辭自滿。我忘記是誰說過，人們為了自己的靈魂好，每天都應該做兩件自己不喜歡的事情。這樣說的一定是位睿智的賢人，我也一直奉行這個勸戒，只要醒著的每一天都不曾懈怠。但我天性裡有一絲苦行的色彩，我每週都逼迫自己肉體進行更為嚴苛的酷刑。我從未錯過《泰晤士報》的文學副刊。仔細考量被寫作出來的書本龐大的數量，作者能看到著作付梓的機會，以及前頭等待著它們的命運，這樣的修練有益身心健全。一本書如何在浩瀚書海中突破重圍？而成功的書籍也不過是一時成功罷了。天曉得作者經歷多少艱辛，有過多麼苦痛的經驗，蒙受怎樣的心酸，才能讓隨手拾起書本的讀者獲得幾小時的消遣娛樂，或是消磨冗長旅途上的煩悶。從書評上看來，這些書許多都寫得很好，作者耗費許多心思在寫作上，有些甚至是作者畢生力作。我從中獲得的教誨是，作者的報償就在作品帶給他的樂趣，以及卸下腦中文思的重擔上；其他都無關緊要，不論是讚譽或責難、失敗或成功。

如今隨著戰火方興，有種新的態度因應而生。年輕人改弦易轍，奉行我們這些早一輩的人不曾知曉之道，而這些後輩們的發展方向也已經看得出來了。年輕的這一輩清楚自己的力量且血氣方剛，輕叩機會之門已經無法滿足他們，他們直接闖進來占據我們的位置。他們的大鳴大放甚囂塵上。他們的前輩裡有人模仿年輕人的那些把戲，努力説服自己他們的氣數未盡；他們跟著人家高聲吶喊，但那些口號在他們嘴裡聽起來卻十分空洞；他們就像可悲的煙花女子，試圖以胭脂花粉與爭妍獻媚來重現芳華正茂的假象。比較聰明的人維持著優雅的姿態走自己的路。他們克制的笑容裡自有一番挖苦的意味。他們記得自己也曾將令人生厭的上一代踩在腳下，當初也是同樣的喧鬧而不屑，他們可以預見這些勇於衝撞的先鋒不久後也將讓出自己的地位。所謂的蓋棺論定並不存在。尼尼微城（Nineveh）的聲勢如日中天之時，新的福音早已老舊。那些冠冕堂皇的話語對説的人而言無比新奇，事實上卻早已是陳腔濫調。鐘擺不斷地來回擺盪。循環到了盡頭又重新開始。

有時候一個人會從自己擁有一席之地的時代，長命百歲存活到下一個對他來說十分陌生的時代，此時好事者便有機會目睹人類這齣喜劇裡罕見的奇觀了。比方說好了，如今還有誰會想起喬治．克雷布（George Crabbe）？他在自己那個年代是著名的詩人，世人皆認可他的才華，但在日益複雜的現代生活裡，此觀點已然變得稀罕。他從亞歷山大．波普那兒學會寫詩的本領，並用雙韻體寫作道德故事。然後發生了法國大革命和拿破崙戰爭，於是詩人們開始改唱新調。克雷布先生則繼續寫作雙韻體的道德故事。我認為他一定讀過那些擾動世界的年輕人寫作的詩，我猜他一定覺得那都是些拙劣的玩意兒。當然了，許多的確是如此。但濟慈和華茲華斯寫的賦，柯立芝的一兩首詩，還有雪萊的那幾闋，都開發了人類心靈以往無人探索過的領域。克雷布先生已經不合時宜，但克雷布先生繼續寫作雙韻體的道德故事。我也隨意讀過年輕一輩的寫作。他們當中或許有幾位比較熱情的濟慈、比較空靈的雪萊，已經出版了世人將樂意記誦的作品。這一點我無法斷言。我佩服他們洗鍊的技巧——他們雖然年紀輕輕卻已技藝純熟，再稱讚他們有潛力實在荒唐——我對他們文風之得體深表讚歎；但他們的長篇累牘（從他們的詞藻看來，他們還在襁褓中便已開始翻閱羅氏辭典〔Roget's Thesaurus〕）在我讀來卻空無一物；就我看來，他們知道的太多，感受卻太淺白；我無法忍受他們像是拍我肩膀般的故作熟稔，或是掏心挖肺般的情感氾濫；

他們的熱情對我來說有點貧血，夢想則稍嫌乏味。我不喜歡他們。我是明日黃花。我會繼續寫作雙韻體的道德故事。但這一切假如不是為了自娛的話，那麼就是我學不乖。

3

但這一切都是題外話了。

我寫作第一本書時還很年輕。很幸運地，那本書引起了矚目，各式各樣的人都想與我結識。初踏倫敦藝文界，我雖怯生但也渴切，憶起當時情景心中難免低迴。我不再涉足其中已久，倘若描述當前奇觀的小說所言無誤，那麼如今許多事物早不復以往。赤爾夕和布隆伯利取代了漢普斯特、諾丁丘路及肯辛頓大街。當年未滿四十便算早慧，而如今年紀超過二十五即顯荒唐。我想當年我們都有點怯於展露情感，怕引人訕笑也使得自命不凡的炫耀不可行。我不認為在那個上流的波西米亞社會裡，當年曾存在過強烈的禁欲文化，但我記憶中也沒有當下似乎風行的赤裸裸的濫交行為。對個人癖性得體地沉默以對，我們並不認為虛偽。人們說話直接，不裝腔作勢。女性也尚未獲得全面自主。

我住在維多利亞站附近，我還記得要到那些藝文界人士家裡作客，要搭上長程的巴士。怯懦的我在街上左右徘徊，好不容易才提起勇氣摁下門鈴；之後忐忑不安的我，被領進人群擠得密不透風的房間裡。我被引見給一位又一位的知名人士，他們對我那本書的讚美，讓我分外不自在。我覺得他們期望我會字字珠璣，而我卻要等到宴會結束後才能想起隻字片語。我把玩著圓圓的茶杯和切得醜醜的奶油麵包，試圖藉此隱藏我的困窘。我不希望讓任何人注意到我，這樣我才能自在地觀察這些名流雅士，旁聽他們的妙語如珠。

我記得有作風豪放態度堅毅的女子，她們鼻梁突出、眼神貪婪，身上的衣裳有如甲冑；還有瘦小如老鼠般的單身女子，聲音輕柔、眼神銳利。我始終感到好奇，她們堅持要帶著手套吃奶油土司，同時也欽佩她們在以為沒人看見時，能毫不為意地將手指在椅子上抹乾淨。這樣對家具一定很不好，但我猜女主人下次造訪友人時，會報復在她們的家具上。她們有些打扮時髦，說自己想不透為何寫小說就得穿得呆板過時；有好身材的話就得盡量發揮，小腳套上入時的鞋子也不會讓編輯就此退你的「東西」。但有些人覺得這太膚淺，她們身披「美術圖案的布料」，配戴粗陋的首飾。男性甚少作奇形怪狀的打扮。他們盡量讓自己看起來不像作家。他們希望被認為是入世的人，不管到那裡都可能被當作城裡公司行號的經理人。他們看起來總是有點疲倦。我以前不曾結識作家，我覺得他們怪極了，但我也覺得他們看起來很不真實。

我記得自己覺得他們的對話鋒芒畢露，我常在一旁聽得啞口無言，同行才一轉身，他們便以尖酸戲謔的口吻將他大卸八塊。藝術家和一般人比起來就是有這個好處，他的友人不僅外表和人格可供挖苦，還有作品可以譏諷。我自嘆永遠無法如此適切流利地表達自我。當時對話依然被視為一門藝術來琢磨；機敏的對答遠比鍋釜底下荊棘爆裂的燃燒聲[7]來得可貴；雋語尚未成為俗人用以佯裝機智的呆板道具，還能增添文人雅士閒談時的活力。只可惜我記不得任何當時的火花。不過一旦談起了出版這一行的細微處，談話就輕鬆不起來了，那一行是我們寫作藝術的另外一面。討論完了新書的優點後，自然會想知道書賣了幾本、作者收到多少預付版稅、他總共可能賺到多少錢。接著我們會討論各家出版社，比較哪間慷慨、哪間苛刻；我們會爭辯究竟該找版稅給得優渥的，還是投靠努力「推銷」書的出版商。有些廣告打得差，有些打得好。有些作風現代，有些老派。然後我們會說起經紀人，還有他們為我們爭取到的待遇；談論編輯，以及他們歡迎的寫稿人、每千字多少錢，還有他們付款是否準時。這些對我來說都無比浪漫，我有種彷彿加入了某個神祕兄弟會的親暱感。

[7] 聖經《傳道書》第七章第六節：「愚昧人的笑聲，好像鍋下燒荊棘的爆聲，這也是虛空。」

4

當時沒有人比蘿絲・沃特佛對我更好。

她結合了男性的知性和女性的倔強，而她寫作的小說富有創意且令人侷促不安。有一天就是在她家裡，我遇見了查爾斯・史崔蘭的妻子。沃特佛小姐那天舉辦茶會，她小小的房間裡比平常擠滿了更多人。每個人看起來都在交頭接耳，而我默默坐在那裡，感覺很彆扭；但我又太害羞，不敢打斷那一支支看似心無旁騖的小團體。沃特佛小姐是稱職的女主人，她看見我的窘狀後朝我走來。

「我要你去跟史崔蘭太太說說話，她對你的書讚不絕口。」她說。

「她是做什麼的？」我問。

我很清楚自己見識不廣，假如史崔蘭太太是知名作家，我想自己最好在跟人家搭話前先搞清楚比較好。

蘿絲・沃特佛故作端莊地垂下眼來，藉此強調她的答案。

「她專門舉辦午餐會。你只需起個頭，她自己會問你話。」

蘿絲・沃特佛是個憤世嫉俗的人。她看待人生為寫作小說的機緣，而一般大眾便是她的素材。假如這些芸芸眾生對她的才華表示欣賞並不吝讚美，她偶爾會邀請他們來她家作客。他們的缺點在她眼裡有如獅子的獵物，並以帶著好笑的心情輕蔑視之，不過她會合宜得體地在他們面前扮演知名女作家的角色。

我被領至史崔蘭太太的面前，我們就這樣聊了有十分鐘。除了悅耳的聲音之外，她在我心裡並未留下特別印象。她在西敏區有一間公寓，可以俯瞰尚未完工的大教堂；正因為我們住在同一個地區，我們彼此之間多了一份親切感。對住在河濱到聖詹姆斯公園一帶的人們來說，軍用品店是他們之間共通的聯繫。史崔蘭太太問了我的住址，幾天後我便收到共進午餐的邀請。

我的邀約不多，我很樂意接受她的邀請。我到得有點晚，因為我怕自己來得太早，便繞著教堂走了三圈，結果一到發現賓客全到齊了。沃特佛小姐在，另外還有傑伊太太、李察・唐寧和喬治・洛德。我們全都是作家。初春的天氣很好，大家心情愉快。我們無所不談。沃特佛小姐年輕時唯美至上，會穿著一身鼠尾草綠、手裡捧著一枝水仙花出席宴會，年歲漸長後反而變得率性，改穿高跟鞋和巴黎式的連身裙，今天她則戴了一頂新帽子。她因而顯得興高采烈。我以前不曾聽她這麼毒舌評論我們共同的友人。傑伊太太心裡明白肆無忌憚正是機智的精髓所在，於是輕聲細語地插入自己的看法，就連雪白的桌布都快被染上一層玫瑰紅般的赧色。李察・唐寧不斷胡言亂語，而喬治・洛德察覺到自己毋須展露機鋒惹人議論，只有吃東西時才張開嘴巴。史崔蘭太太話不多，但她自有本領能使對話讓大家都能參與；只要一停頓下來，她適時補上一句就能讓對話繼續進行下去。她芳齡三十七，身材高而豐滿，但不胖；她並不漂亮，但臉長得算討喜，主要可能是因為她和藹的棕色眼眸。她的皮膚有點泛黃，一頭黑髮經過精心梳理。她是在場三名女子中唯一臉上無妝的人，和其他人相較之下顯得樸實而自然。

餐廳風格呈現符合時代的良好品味，十分的正經。牆上有大片的白色木材護壁板，還有鑲著工整黑框的綠色底紙，上頭印著惠斯勒的銅版畫。直條條掛著的綠色窗簾有孔雀圖案，而綠色的地毯上有淡色白兔在枝葉茂密的樹叢中嬉戲的花樣，在在顯現出威廉·莫里斯（William Morris）的影響。壁爐台上擺著藍色的台夫特陶器。當時一模一樣裝潢的餐廳，在倫敦鐵定有五百間之譜。風格簡樸、雅緻而無趣。

離開時我與沃特佛小姐同行，由於好天氣而且她戴了新帽子，我們隨興漫步穿越公園。

「剛才的聚會真不賴。」我說。

「你覺得菜色還好嗎？我跟她說過，她想結識作家的話，就得好好款待人家。」

「建議得好。」我回道。「不過她為何想結識作家？」

「她覺得他們很有意思。她想湊熱鬧。小可憐兒，我想她是個單純的人，她覺得我們都很棒。說到底她樂得請咱們吃午飯，而我們也沒什麼損失。我就喜歡她這一點。」

如今回頭看，我覺得從高不可攀的漢普斯特到卑微低下的錢尼路，那群附庸風雅的逐浪客中，史崔蘭太太是裡頭最無害的一位。她年輕時在鄉間默默地度過，而穆迪文庫（Mudie's Select Library）叢書帶來的不僅是浪漫的故事，還有對倫敦的浪漫幻想。她對閱讀真的懷抱熱情（這對她這種人來說極其罕見，因為他們大致上對作者比書感興趣，對畫家比畫作來得關心），她藉此營造出一個幻想的世界，在裡頭她活得自由自在，而這是她在日常生活的世界中不曾有過的體驗。自從她結識作家開始，她彷彿踏上了以往只能坐在台下觀看的舞台。她看見他們狂放的一面，而且招待這些作家並打入他們的圈子裡，過著這樣多采多姿的人生她真的很自在。她能夠接受他們遊戲人間的規則，卻從未想過要讓自己的行徑同他們一樣。他們與眾不同的奇行怪癖，比方說古怪的穿著、放肆的主張和矛盾之處，都是讓她覺得有趣的娛樂，卻絲毫不曾動搖她本身的信念。

「有史崔蘭先生這個人嗎？」我問道。

「有啊，他還是城裡有頭有臉的人呢，好像是股票經紀人吧。他這個人很無趣。」

「他們夫妻處得來嗎？」

「他們相敬如賓。你在那兒吃飯的話就會見到他。不過她不常請人回家吃飯。他話很少，對文學或藝術一點興趣都沒有。」

「為什麼好女人都嫁給無趣的男人？」

「因為有才智的男人不會娶好女人。」

我想不出什麼話來回嘴，於是我問史崔蘭太太有沒有孩子。

「有啊，她有一個兒子一個女兒。他們都在上學。」

這個話題聊不下去，我們便開始聊其他事情了。

5

那個夏天我見到史崔蘭太太的機會並不少。我不時去她公寓共進愉快的午餐飯局，並出席形式隆重許多的茶會。我們彼此都喜歡對方。我還很年輕，她或許喜歡的是能夠指點初出茅廬的我，踏上文藝這條不好走的路；而對我而言，各種小麻煩有個人肯專心聆聽、給你合乎情理的忠告，這樣感覺很愉快。史崔蘭太太有天賜的同理心。這種才能很好，卻常被那些自知有才的人濫用：因為他們貪婪地抓住朋友的不幸好展露自己的專才，這樣的行為多少帶點殘忍的意味。同情者傾瀉的憐憫像油井噴油般湧出，其縱情忘我有時讓受害者感到難堪。有些人的胸懷已承擔太多淚水，我無意再灑淚浸濕。史崔蘭太太運用她這項優點的技巧很得體。你會覺得接受她的同情是種好意。年輕熱血的我向蘿絲．沃特佛提及此事，她是這樣說的：

「牛奶的確很好，尤其是摻了點白蘭地的話，不過乳牛一定樂得把這玩意給擠掉。脹奶可是很難受的。」

蘿絲．沃特佛的嘴很刻薄。沒有人能像她一樣，講出這麼惡毒的話來；話說回來，也沒人能像她一樣，講起好話讓人如沐春風。

我還喜歡史崔蘭太太的一點，是她將自己周遭打理得很優雅。她的公寓總是整潔而明亮，裝飾著鮮豔的花朵；客廳設計雖然樸實無華，採用的印花棉布卻亮眼美觀。在他們家雅緻的小餐廳用餐很愉快；餐桌看起來不錯，兩名女傭端莊漂亮，食物也料理得很好。不難看出史崔蘭太太極善於持家。你也確信她是很棒的母親。客廳裡擺有她兒子和女兒的相片。兒子的名字叫羅伯特，他是就讀拉格比公學（Rugby）的十六歲男孩；照片裡可以看到他一身法蘭絨衣物、頭戴板球帽，另一張照片裡他則穿著立領襯衫和燕尾服。他有母親爽朗的眉頭和細緻、深思熟慮的眼睛。他看起來很乾淨、健康且規矩。

「我不曉得他原來很聰明，」有一天我看著照片時她說：「但我曉得他是個好孩子。他的個性很討喜。」

女兒現年十四歲。她和母親一樣的濃密深色秀髮撒落在肩上，她也有同樣親切的表情和沉著無憂的眼神。

「他們倆跟你像是同個模子印出來的。」我說。

「是的，我覺得他們比較像我，不像他們爸爸。」

「你為什麼都不讓我和他碰面呢？」我問她。

「你想和他碰面嗎？」

她含著笑意，綻放極為甜美的笑顏，臉還微微泛紅；這個年紀的女子這麼容易臉紅甚是罕見。或許她的純真正是她最大的魅力。

「是說他這個人一點都不文藝，他是個不折不扣的市儈。」她說。她說這話並未包含貶意，反而帶著很深的感情，彷彿她先招認出他的缺點，藉此保護他不受自己友人的詆毀攻擊。

「他在證券交易所上班，是很典型的股票經紀人。我想他會讓你覺得無聊得要命。」

「他讓你覺得無聊嗎？」我問。

「是這樣的，我恰好是他妻子。我很喜歡他。」她以笑容掩飾害羞，我猜她一定很怕丈夫的職業會讓我像蘿絲．沃特佛一樣，逮到機會便譏諷一番。她遲疑了一會兒，然後眼神變得溫柔。

「他不會假裝自己是天才。他甚至在證券交易所賺到的錢也不多，但他人極好也非常善良。」

「我想我一定會很喜歡他的。」

「改天我會悄悄邀你來和我們吃個便飯，不過話說在前頭，你要來我可不負責，到時嫌無聊別怪我。」

6

但我終於見到查爾斯．史崔蘭，卻是在勢所必然的狀況下。有天早上史崔蘭太太發了張便箋給我，說她當天晚上要舉辦晚宴，卻有一位客人不克前來。她要我來填補空缺。她這樣寫著：

我一定得事先警告你，你會無聊到死。這場宴會打從一開始就乏味至極，不過假如你肯來的話，我會非常感激。況且你我可以自個兒聊天。

為了恪守敦親睦鄰之道我也只得接受了。

史崔蘭太太向丈夫介紹我時，他漠然地伸出手來握手。她雀躍地轉頭對著他，努力地開了個小玩笑。

「我邀請他過來，是為了向他證明我真的有丈夫。我猜他都快要開始懷疑是否真有這件事了。」

史崔蘭禮貌地小聲笑了一下，人們意會到沒什麼好笑的笑話卻不點破時就會這樣子笑。宴會主人的注意力轉移至剛到的客人身上，我便自己一個人待在那兒。終於所有的人都到齊了，只等著宣布用餐，我陪著一名自己被吩咐要幫忙「招待」的女子聊天，此時我深覺文明人在其短暫的人生中，莫名其妙地精於將生命浪費在各種單調乏味的行為上。這樣的宴會不禁讓人納悶女主人何苦勞心邀請賓客，而賓客為何費力赴約。出席者總共十位。他們碰面時漠然不顧，分開時如釋重負。當然了，這是一場純屬社交的集會。史崔蘭夫婦「欠」了幾個他們全不感興趣的人一頓晚餐，於是開口邀請他們，而這些人也就接受了。何苦呢？為了避免兩個人獨進晚餐的煩悶，為了讓僕役有休息的機會，因為沒有拒絕的理由，因為有人「欠」了他們一頓晚餐。

餐廳裡人擠得很不舒服。賓客裡有位王室御用律師及其夫人，一位政府官員和妻子，史崔蘭夫人的姊姊和夫婿麥克安德魯上校，以及一位國會議員的夫人。正因為國會議員本人發現自己沒辦法從議院抽身，我才會受邀出席。賓客們的來頭著實不小。女士們都是良家婦女，因此穿著稱不上華麗，她們對自己的身分地位也太過自覺，相處起來也不甚有趣。男士們都很穩重。每個人身上都有種對自己成就的自滿。

每個人都本能地想炒熱宴會氣氛，講話都比平常大聲了點，房間裡於是頗為吵雜。但大家並無共同的話題。每個人都跟自己隔壁的人講話：喝湯、吃魚和正菜時跟右邊的人談天；用烤肉、甜點和鹹點時與左邊的人說話。他們談論政治情勢，以及高爾夫、小孩和最新的戲，談論皇家藝術學院的畫、天氣和度假計畫。中間從來沒有中斷過，聲音愈來愈吵。史崔蘭夫人可能會很開心宴會很成功。她丈夫彬彬有禮地扮演自己的角色。或許他並不多話，宴會到了尾聲時，我似乎看見他兩側的女士臉上都露出疲乏的神情。她們覺得他太沉悶了。史崔蘭夫人幾次都以帶點擔憂的眼神瞄著他。

最後她起身將女士們帶離房間。史崔蘭在她離開後把門關上，走到桌子的另一頭，坐在御用律師和官員中間。他再把波特酒傳了下去，還遞雪茄給我們。御用律師稱讚酒的風味絕佳，史崔蘭告訴我們他是打哪兒得來的。我們開始聊起了佳釀和菸草。御用律師告訴我們他正在辦的一件案子，上校則談起了馬球。我插不上話只能安靜坐著，努力禮貌地展現自己對聊天內容有興趣；由於我心想根本沒人會在意我，於是我從容地細細端詳史崔蘭。他比我以為的還要高大：我也不曉得自己為何會將他想像成偏瘦且不起眼的長相；事實上他虎背熊腰，大手大腳的，身上晚禮服穿得彆扭。他給人的印象有點像是為了晚宴而刻意打扮的馬車夫。他年約四十歲，長得不算好看，但也不醜，因為他的五官堪稱端正，但有點過大，搭在一起並不好看。他鬍子剃得很乾淨，一張大臉看起來太過光溜溜。他一頭紅髮剪得很短，還有一雙介於灰藍色之間的小眼睛。他看起來很普通。我再也不奇怪史崔蘭夫人會因為他而感到難為情，對一個極力打入藝文圈的女人來說，他實在不算加分。很明顯他並無社交手腕，但男人並不需要這些；他甚至也無可與別人區隔的奇特之處；他就只是一個呆板、正直、平凡的好人。你會讚賞他的優點，卻不想與他相處。他毫無存在感。他可能是社會上的中堅分子、好爸爸好丈夫、可靠的股票經紀人，但沒必要浪費時間在他身上。

7

這一季已經接近曲終人散的尾聲，我認識的所有人都安排好要離開到外地去了。史崔蘭夫人要帶家人前往諾福克海岸，這樣孩子們可以到海邊玩，她丈夫則有高爾夫球可打。我們彼此互道珍重，約好秋天再見。但就在我離開城裡的前一天，我從商店走出來碰見了她和兒子女兒；和我一樣，她也是趕在離開倫敦前來把東西買齊，我們兩人都又熱又累。我提議大家一起去公園裡吃冰。

我想史崔蘭夫人很樂於將孩子們介紹給我認識，於是欣然接受我的邀約。他們比照片上看起來還要可愛，她的確應該因這一雙子女自豪。我年紀夠輕，因此他們在我面前不會害羞，兩人嘰嘰喳喳開心地談著這個那個。兩個都是很好、很健康的小孩子。待在樹蔭底下也十分舒服。

一個小時後他們擠上計程車回家，我信步閒晃到我的俱樂部去。我或許稍微有點寂寞，想起我剛瞥見的天倫之樂，我的確是有那麼一點羨慕。他們似乎深愛著彼此。他們之間有一些只有他們懂的笑話，旁人是聽不懂的，卻能讓他們樂不可支。或許查爾斯·史崔蘭以言談講求機鋒的標準而言，的確是個無趣的人，但他的才智與自己身處的環境相當，那不僅成為他獲得一定程度成功的門票，也讓他得到了幸福。史崔蘭夫人是一名討人喜歡的女子，而且愛著他。我想像他們的人生，正派而體面，沒有逆境出軌的煩惱，而且膝下一對端正開朗的兒女，顯然會傳承延續他們出身及地位的正規傳統，最後堪稱有所成就。他們會不知不覺地老去；他們會看著兒女長大成人，成家立業——一個是漂亮的女孩，未來將為人母，養育健康的下一代；一個是英挺的小伙子，顯然會從軍報國；最後他們順利榮退，子孫承歡膝下，度過幸福美滿、恪守本分的一生後，他們壽滿天年，入土為安。

無數的夫妻一定都是這樣度過一生，而這樣的人生模式有其樸實之美。這讓人聯想起一條平靜的小溪，安穩地蜿蜒流過青青牧草地，兩岸綠蔭夾道，一直到最後流入廣闊的大海；但那片海是這麼風平浪靜、無聲無息，冥冥中一股隱約的不安突然令你煩心。或許那只是我天性乖僻，即使在當時便已積重難改，我在這樣大多數人度過的人生中，感覺到有什麼不對勁。我知道這種人生的社會價值。我了解這種井然有序的幸福所在，但我血液裡有一股渴望放浪不羈的狂熱。這種輕鬆簡單的快樂，對我來說似乎含有某種令人心驚的特質。我心中有著嚮往冒險的欲望。對於尖銳崎嶇的礁岩與危機四伏的淺灘，我並非絲毫無所準備，我只渴求有所改變——改變與前方那未知的興奮。

8

重讀我至今對史崔蘭夫婦的描述，我自己意會到，他們的面貌一定看起來相當模糊。我無法賦予他們讓書中人物變得鮮活的特質；不曉得這是否為我的錯，我絞盡腦汁想憶起能讓他們活靈活現的特色。我覺得彷彿掌握他們說話的口氣或特異的習性，我便能讓他們變得獨一無二。他們猶如老繡帷中的人物，與背景圖案融為一體，站遠些便看不出形狀，只剩下一點悅目的色彩。我唯一可找的藉口是，那就是他們給我的印象。正如那些組成社會有機體的人們一樣，他們的輪廓模糊不清，他們只能依賴並在社會有機體中生存。他們就像人體中的細胞組織，雖然不可或缺，但只要維持健康的狀態，便被整個巨大的總體所吞噬。史崔蘭家是普通的中產階級家庭。主婦好客可親，對有點分量的文藝界人士有著無傷大雅的著迷；丈夫遲鈍無趣，克盡自己在人生中因為上天慈悲所賦予他的職責；一雙子女外表端莊、身體健康。一切再平凡不過。我不曉得他們身上有任何引人好奇之處。

回想起之後發生的那一切，我不禁自問是否太過遲鈍，竟沒看出查爾斯·史崔蘭這個人身上有任何不尋常之處。或許是如此無誤。如今我介入他們之間已有多年經驗，對人類也有一定的了解，但就算我初識史崔蘭夫婦當時便有我現在的歷練，我也不覺得自己會改變對他們的看法。不過因為我已經認識到那個人難以預測了，初秋我回倫敦聽到那個消息時，我也不該感到意外。我回來還不到一天便在傑明街遇見蘿絲．沃特佛。

「你看起來氣色快活，你是怎麼了？」我說。

她微微笑著，眼裡閃爍著我熟悉的惡毒神情。這意謂著她聽說了朋友身上的醜聞，這名文藝女性的直覺很靈敏。

「你見到了查爾斯．史崔蘭，是吧？」

她不僅是臉，連整個身體都散發著快意。我點點頭。我在猜，不曉得那可憐的傢伙是被證券交易所拒絕往來了，還是被巴士撞到了。

「很慘吧？他丟下老婆跑了。」

沃特佛小姐無疑覺得在傑明街路邊，無法好好發揮主題，因此她秉持藝術家的態度，直接將事實毫無修飾地拋出來，然後便聲稱自己不曉得當中的細節。這麼枝微末節的小事怎麼可能妨礙到她，我覺得這樣就冤枉她了，但她態度固執。

「我跟你說，我什麼都不知道。」她這樣回答我激動的發問，然後又看似漫不經心地聳肩說道：「我沒記錯的話，城裡有間茶館的年輕女孩拋下工作跑了。」

她對我笑了一下，便稱自己與牙醫有約，精神抖擻地走開了。我沒因此感到苦惱，反而被激起了好奇心。當時我對人生的第一手體驗有限，我認識的人遭遇到書上才有的情節，居然令我感到興奮。我必須坦承，隨著時光荏苒，我早已習慣自己熟人身上發生這種事了，但我還是有點震驚。史崔蘭一定有四十歲了，他這種年紀的男人還隨心任意妄為，令我覺得噁心。當時太過年輕的我目空一切，以為男人還能墜入愛河而不丟臉的年紀，三十五歲就已經是極限。這則消息對我個人來說有點尷尬，因為我在鄉間時還寫信給史崔蘭夫人說我要回來了，除非她表示反對，不然我會找個日子去陪她喝茶。這一天就是約定的日子，我卻還沒收到史崔蘭夫人捎來的訊息。她究竟想不想見我？她目前正心慌意亂，可能忘了我那封短箋。或許還是別去為妙。另一方面，她或許不想聲張這件事，假如我這邊顯露出任何我知情的徵兆，這樣可能很有欠考慮。一方面害怕傷到一個好女人，一方面害怕管人閒事，我掙扎不已。我覺得她一定很痛苦，我也不想看著她受苦，自己卻無能為力；雖然說起來有點羞愧，但我心底也的確想要看她如何反應。我不曉得該怎麼辦才好。

最後我想到了，我應該裝作若無其事地上門，請女傭傳話詢問史崔蘭夫人是否方便見我。這樣她就有機會可以回絕我。但我對著女傭唸出自己事前預習好的台詞時整個人尷尬不已，在那昏暗的通道裡等待回音時，我得鼓足勇氣才沒轉身奔走。女傭回來了，在我想像力激昂的腦袋裡看來，她的態度顯示她對這個家當前的災禍瞭若指掌。

「先生，請往這邊來好嗎？」她說。

我跟著她進入會客室。百葉窗半掩讓房間變得昏暗，史崔蘭夫人背對光源坐著。她姊夫麥克安德魯上校站在火爐前，背部靠著未點燃的爐火取暖。我感覺自己的到來似乎尷尬極了。我突然來訪一定讓他們措手不及，史崔蘭夫人讓我進來純粹是因為她忘了回絕掉我。我想上校一定很討厭這樣被我打岔。

「我不是很確定你是否期盼我來。」我試著裝作滿不在乎。

「我當然希望你來。安馬上就會把茶端上來。」

即使在昏暗的房間裡，我都看得出來史崔蘭夫人的臉哭腫了。她的皮膚向來不怎麼好，如今更是面色如土。

「你還記得我姊夫吧？放假前你們才剛在晚宴上碰過面。」

我們握手致意。我困窘極了，不曉得能說些什麼，還是史崔蘭夫人來解的圍。她問我夏天怎麼過的，這話題讓我在茶送上來前有辦法閒聊了幾句。上校要了杯威士忌調蘇打水。

「艾美，你最好也來一杯吧。」他說。

「不了，我想喝茶。」

這是發生了麻煩事的第一個暗示。我沒注意到，還想盡辦法和史崔蘭夫人談話。上校還是站在火爐前，半聲沒吭。我心想不曉得自己多快便能得體地告辭，我也自問史崔蘭夫人到底為何讓我來。房裡沒有鮮花，夏天時收起來的裝飾品也沒放出來；以往氣氛親切的會客室，如今有股慘澹拘束的氣氛；這種感覺很古怪，彷彿牆的另一邊擺了具死屍。我把茶給喝完。

「你要抽菸嗎？」史崔蘭夫人問。

她四處尋找菸盒，卻沒找著。

「恐怕是沒有了。」

她倏然淚如雨下，急忙離開房間。我嚇傻了。我猜平常都是他丈夫準備的菸沒了，讓她又憶起了他，如今體會到往日微小的安樂已經不再，讓她猝然一陣心痛。她領悟到過去的生活已如雲煙消散，她再也顧不著社交禮儀的體面。

「我看你應該希望我先告退了吧。」我邊起身邊對上校說。

「我猜你聽說了，那個無賴拋棄她了。」他火爆地大吼。

我猶疑了一下。

「你知道人們都愛說閒話，我依稀聽說出了些事情。」我這樣回答。

「他跑掉了。他和女人跑去巴黎。他一毛錢也沒留就丟下了艾美。」

「真的好遺憾。」我不曉得還能怎麼說。

上校將手上的威士忌一飲而盡。他今年五十歲，身材高瘦，一嘴下垂的八字鬍和一頭灰髮。他有一雙淺藍色的眼睛，嘴巴薄弱。之前見到他時，我還記得他有張可笑的臉孔，他還很自豪在退役前的十年裡每週都打三場馬球。

「我想史崔蘭夫人現在應該不希望我打擾她，能請你轉告她我深表遺憾嗎？若是有任何我能做的事，我都很樂意幫忙。」我說。

他沒理會我。

「我真不知道她該怎麼辦。然後還有孩子呢。他們要靠空氣吃飯嗎？都十七年了。」

「什麼十七年了？」

「他們結婚的時間，」他倏地厲聲說道：「我一直不喜歡他。當然他是我妹婿，我也很努力與他相處。你覺得他是個紳士嗎？她當初不該嫁給他的。」

「事情沒得挽回了嗎？」

「她只該做一件事，那就是跟他離婚。你進來時我正好跟她說：『親愛的艾美，放手提出申請吧，這是為了你好，也是為了孩子好。』他最好別讓我再看見。我會亂棒把他打個半死。」

我不禁想著麥克安德魯上校想這樣做可能有困難，因為印象中史崔蘭是個健壯的傢伙，但我什麼都沒說。道德遭踐踏卻無力對罪人執行懲戒，總是教人苦惱。我正下定決心再度告辭時，史崔蘭夫人剛好回來了。她已經擦乾眼淚補了妝。

「很抱歉我失態了，我很高興你還沒離開。」她說。

她坐了下來。我全然不知該說些什麼。要說起跟自己無關的事情，我覺得有點不好意思。我當時還不懂女人常犯的毛病，她們樂於跟任何願意聆聽的人討論自己的私事。史崔蘭夫人似乎努力強撐著自己。

「人們都在議論嗎？」她問道。

她認定我曉得她家中發生的不幸，讓我嚇了一跳。

「我才剛回來。我只見過蘿絲．沃特佛一個人。」

史崔蘭夫人緊握住雙手。

「告訴我她都說了些什麼。」看見我的遲疑，她堅持要我說。「我特別想知道。」

「你也知道人們說話的嘴臉。她也不是非常可靠，對吧？她說你丈夫離開你了。」

「只有這樣？」

我選擇不轉述蘿絲．沃特佛離開時提到的茶館女孩。我撒了謊。

「她沒提到他跟別人走了？」

「沒有。」

「我想知道的就這些。」

我有些困惑，但無論如何我意會到自己現在或許該告辭了。與史崔蘭夫人握手告別時我告訴她，能派得上用場之處，我都樂意效勞。她虛弱地笑了一下。

「很感謝你。我也不曉得別人能幫得上我什麼忙。」

我不好意思表達慰問之情，便轉身向上校告別。他沒握我的手。

「我也剛好要走了。你若是走維多利亞街的話，我跟你一起走。」

「好啊，走吧。」我說。

9

「這實在太糟糕了。」我們一走到外面街上他便吐出這句話。

這下我了解他跟我一道離開，是為了跟我討論他已經和自己姨子談了好幾小時的那件事情。

「話說我們不曉得那女人是誰，」他說道：「我們只知道那無賴跑去巴黎了。」

「我還以為他們處得很好。」

「以前是啊。你還沒進來之前，艾美才說他們結婚這麼久從來沒吵架過。你知道艾美的。這世界上沒比她還好的女人了。」

他都這麼對我推心置腹了，我覺得就算開口問些問題也無妨。

「不過你的意思是，她什麼都沒察覺到嗎？」

「什麼都沒有。他八月陪她和孩子在諾福克過。他人還是跟以前沒兩樣。我和妻子也去了兩三天，我還和他一起打高爾夫球。他九月回到城裡，換他的合夥人放假去，艾美則留在鄉下。他們租了一幢房子六個星期，租約快到期時，她寫信告訴他哪一天會回到倫敦。他從巴黎回信給她。他說自己下定決心不再和她一起生活下去了。」

「他給的理由是什麼？」

「小伙子，他什麼理由都沒給。我看過那封信，內容總共沒超過十行。」

「那也太奇怪了。」

此時我們剛好要過馬路，來往的人車打斷了我們的談話。麥克安德魯上校剛告訴我的一切聽起來都很不像真的，我懷疑史崔蘭夫人因為某些自己的理由，對他隱瞞了部分的事實。一個男人在經歷十七年的婚姻生活後離開自己的妻子，不可能沒有什麼蛛絲馬跡，讓做妻子的懷疑他們的婚姻發生了什麼問題。這時上校跟了上來。

「當然了，除了他跟女人跑了之外，他也沒別的理由可說。我在猜，他一定是覺得她自己會發現這一點。他就是這樣的傢伙。」

「史崔蘭夫人打算怎麼做？」

「這個啊，首先就是要蒐集證據。我會自己去巴黎走一趟。」

「他的事業怎麼辦呢？」

「他就是這一點夠狡猾。他從去年開始就慢慢抽身了。」

「他跟合夥人說過自己要離開嗎？」

「一個字都沒講。」

麥克安德魯上校對做生意這檔事所知甚淺，而我等於一竅不通，因此我不大明白史崔蘭是在什麼樣的狀況下撒手不幹的。我得知遭到遺棄的合夥人大為光火，還威脅要對他採取法律訴訟。等一切紛爭都解決後，他口袋裡似乎會損失四、五百鎊。

「幸好公寓裡的家具都登記在艾美名下。不管怎樣她都能留住東西。」

「你說她一毛錢也不肯拿是真的嗎？」

「當然是真的。她身上還有兩、三百鎊，以及那些家具。」

「可是她要怎樣過活？」

「天曉得。」

事情似乎演變得愈來愈複雜，而憤慨難平、滿口氣話的上校，也把我搞得更加一頭霧水。我很慶幸他看到陸海軍百貨商店的時鐘時，想起自己與人有約，要去他的俱樂部打牌，於是他留下我一人，穿過聖詹姆士公園離去。

10

一、兩天後，史崔蘭夫人捎了短箋，請我當天晚餐後過去見她。到了後我發現只有她一個人。她身上的黑衣簡單樸素，透露出遭遺棄的哀慟，天真的我還甚感訝異，沒想到她在這麼悲悽的當頭，居然還能打扮得如此端莊得體。

「你說過，我若有任何事情想拜託你，你都願意效勞。」她提出這一點。

「的確如此。」

「你去巴黎見查理好嗎？」

「我？」

我呆住了。仔細想想，我之前只見過他一次面。我不曉得她想要我去做些什麼。

「佛瑞德一心想去。」佛瑞德指的就是麥克安德魯上校。「但我不確定讓他去是否妥當。他只會讓事情變得更糟糕。我不曉得還能找誰了。」

她聲音微微發顫，我覺得自己連稍事遲疑都簡直不是人。

「可是我和你丈夫沒講過幾句話。他根本不認識我。他可能會直接要我滾蛋。」

「那對你也沒差啊。」史崔蘭夫人微微笑著。

「你究竟想要我做什麼？」

她沒立刻回答。

「我覺得他不認識你不啻是個好處。你瞧，他從來都不怎麼喜歡佛瑞德；他覺得他很蠢，他一向搞不懂那些軍人。佛瑞德脾氣暴躁，屆時一定會爆發爭吵，事情不會好轉，只會變得更糟。要是你說你是替我去的，他也沒辦法不聽你的話。」

「我認識你也沒多久，怎能託付不清楚來龍去脈的人處理這樣的事情？這點我不懂。我不想刺探與自己無關的事情。你為什麼不自己去見他？」我這樣回答。

「你忘了，他不是自己一個人。」

我閉上嘴巴。我想像自己前去拜訪查爾斯．史崔蘭，送上自己的名片；我想像他以食指和拇指捏住我的名片說道：

「請問有何貴幹？」

「我來和你談談你妻子的事。」

「真的啊。等你年紀大一點，你一定會學乖，不要過問別人的家務事。請你頭稍微轉向左邊，你會看到一扇門。祝你午安。」

可以想見到時我很難抬起頭退場，我多希望沒在史崔蘭夫人平復心情前返回倫敦。我偷偷瞄了她一眼，她正深陷沉思中。不久後她抬起頭看著我，深深嘆了一口氣後微微笑道：

「這真的是始料未及，我們已經結婚十七年了。我從沒想過查爾斯會迷上外頭的女人。我們一直相處得很好。當然了，我和他有許多不同的興趣。」

「你查出來是誰……」我不曉得該怎樣措詞才好：「那個人是誰，他和誰私奔了？」

「沒。好像大家都毫無頭緒。這真是怪了。通常一個男人愛上別人，人們會看見他們在一起，可能是一同用餐之類的，女方的朋友也都會來通知做妻子的。沒有人警告我，完全沒有，他的信就像晴天霹靂。我還以為他幸福得很。」

她哭了起來，真可憐，我替她感到好難過。但沒一會兒她便比較恢復平靜。

「我這樣丟人現眼也沒用，」她擦乾淚水說道：「現在該做的，就是好好想想該怎麼做最好。」

她接著有點沒條理地說了下去，一下子說不久前的事，一下子談起他們初次見面以及兩人的婚姻；不過沒多久我便開始整理出他們人生的樣貌，我原本的猜測似乎也八九不離十。史崔蘭夫人是派駐印度的平民之女，他退休後住在鄉下，但每年八月他都習慣帶全家人去伊斯特本度假；她二十歲那年就在那兒遇見了查爾斯・史崔蘭。他當時二十三歲。他們一起遊玩、一起漫步水岸，聽扮演黑人的音樂歌唱團表演；在他開口求婚的一週前，她便下定決心要接受求婚。他們住在倫敦，一開始在漢普斯特，等他變得有錢後便搬進了城裡。他們生了兩個小孩。

「他看起來一直都很疼愛他們。就算厭倦了我，我也想不透他怎麼可能狠得下心離開他們。這一切都好難以置信。即使現在我也很難相信這是真的。」

她最後拿出他寫的信給我看。我一直很想讀這封信，但我不敢開口說要看。

親愛的艾美：

我想你會發現公寓裡一切安好。我將你的指示都轉達給安知道了，你回來時你和孩子們的晚餐都已經準備好了。你不會見到我。我已經下定決心與你分開生活，我一早便要動身前往巴黎。我人一到就會將這封信寄出去。我不會回來的。我做的決定不會再改變。

謹祝　日祉

查爾斯・史崔蘭手書

「一句解釋或懊悔都沒有。你不覺得這樣很無情嗎？」

「這種情況下看起來，真的是封很怪的信。」我這樣回答。

「這只有一種解釋，就是那並非他本意。我不曉得迷住他的那個女人是誰，但她讓他變了個樣。這狀況顯然已經有很長一段時間了。」
「你怎會這樣覺得？」
「是佛瑞德發現的。我丈夫每週都有三、四天晚上說他去俱樂部打橋牌。佛瑞德認識當中一位會員，跟他提起查爾斯很會打橋牌。對方感到很驚訝，說自己從沒在打牌室看過查爾斯。現在一切真相大白，我以為查爾斯去俱樂部的時候，他都跟她在一起。」
我好一會兒沒吭聲，然後我想起了孩子們。
「這一定很難跟羅伯特解釋吧。」我說。
「喔，我沒跟他們倆提起隻字片語。是這樣的，我們回到城裡隔天他們就得回學校去。我還很鎮定地跟他們說，他們父親因公出差了。」
她心裡突然懷抱這樣一個祕密，一定很難維持開朗無憂的外表，也很難專心幫孩子們張羅一切，好好送他們回學校。史崔蘭夫人的嗓音又變得嘶啞。
「我可憐的孩子會變得怎樣？我們要怎樣過活？」
她很努力要克制自己，我見著她的手有如痙攣般不住緊握又放開。真教人不忍心看下去。
「要是我能派得上用場的話，我當然願意去巴黎，不過你必須告訴我，你希望我怎麼做。」
「我希望他回來。」

「我聽麥克安德魯上校說，你下定決心和他離婚了。」

「我絕對不會和他離婚。」她驀地恨恨說道：「告訴他我這樣說。他永遠沒辦法娶那個女人。我和他一樣頑固，我絕對不會和他離婚。我得顧及孩子們才行。」

我覺得她加這一句是為自己的態度辯駁，但我認為背後的原因是理所當然的嫉妒心，而非母性的牽掛。

「你還愛他嗎？」

「我不知道。我想要他回來。他回來的話，我們便既往不咎。畢竟我們已經結婚十七年了。我是個心胸寬大的女人。只要我不知情的話，也不會在意他幹了些什麼好事。他自己一定得知道，他那一時著迷不會持久的。只要他回來，一切都可以解決，不會有人知道這件事。」

我打了個寒顫，史崔蘭夫人居然會在意流言蜚語，因為我當時並不曉得，他人的眼光在女人的人生中扮演了多麼重要的角色。這讓她們最深切的情感覆上了一層虛偽的陰影。

史崔蘭住的地方已經知道了。他的合夥人盛怒之下去函給他的銀行，奚落他隱瞞自己的行蹤；而史崔蘭以尖酸戲謔的態度回信，告訴合夥人上哪兒找得到他。他似乎住在一間旅舍中。

「我從沒聽說過這玩意兒，不過佛瑞德很清楚。他說那很貴。」史崔蘭夫人說。

她臉色脹得緋紅。我猜她腦海裡浮現丈夫置身豪華套房中、時髦餐館一間換過一間的模樣，還想像他白天去賽馬會，晚上去看戲。

「他這種年紀不會持久的，畢竟他都四十歲了。我可以理解年輕人這樣做，但他這種歲數實在不應該，小孩子都快成年了。他身體也受不了的。」她說。

她滿腔的憤怒不住折騰。

「告訴他，我們的家在呼喚他。所有東西都還維持原樣，但一切都變了。我不能沒有他。我寧願自盡。跟他談起過去，我們一同經歷的一切。孩子們問起他時，我該怎麼跟他們說呢？他的房間還是跟他離開時一模一樣。我們大家都在等他。」

她已經把我該說的話都說了出來。所有可能從他口中聽到的說法，她都鉅細靡遺地教導我怎樣回應。

「你會竭盡所能幫我吧？告訴他我現在有多慘。」她可憐兮兮地說道。

我知道她希望我用盡各種辦法訴諸他的憐憫。她毫無顧忌地啜泣著，我大受觸動。史崔蘭的冷酷無情令我忿忿不平，我承諾盡自己所能想法子將他帶回來。我答應後天啟程，沒有成果之前都待在巴黎。此時天色已晚，我倆也都因情緒激動而感到疲憊，於是我便告辭。

11

旅途上我滿懷不安地揣度這趟差事。現在脫離了史崔蘭夫人的悲情戲碼後，我終於能冷靜下來思考整件事。她的行為舉止有些自相矛盾之處，令我感到困惑。她十分不快樂，但為了引起我的同情，她能表演出自己的不快樂。很顯然她早就準備好要哭泣，因為她事先便預備了足夠的手帕；我很佩服她的深謀遠慮，但事後看來卻讓她的眼淚或許沒那麼動人。我無法確定她希望丈夫回來是因為她愛他，抑或深恐人言可畏；我也疑慮她之所以輕蔑為愛煩憂，其實是因為在她破碎的心裡摻雜了自尊心受損的痛楚，而這一點就我一個年輕人而言著實不堪。我尚未學會人性的矛盾；我也還不了解所謂的真誠包含多少假裝，所謂的高尚當中藏有多少卑劣，或是所謂墮落的人能有多良善。

不過這趟旅程帶著那麼點冒險的意味，隨著距離巴黎愈來愈近，我的心情也開始雀躍。我也從一種戲劇性的角度看待自己的角色，我很滿意自己扮演了一位備受信賴的友人，將出軌的丈夫帶回寬容的妻子身邊。我決定隔天傍晚去見史崔蘭，因為出於本能的直覺，我覺得會面的時間必須精心挑選。午餐前很難對人動之以情。當時的我經常滿腦子想著愛情這回事，但喝過下午茶之前我實在很難想像夫妻之間的恩愛。

我向下榻的旅館打聽史崔蘭居住的地點。那地方叫做「比利時人旅館」。不過我有點訝異，櫃檯的接待人員居然沒聽過。我從史崔蘭夫人那兒聽到的是，那裡是里沃利街後面的豪華大飯店。但唯一一間名字符合的旅館位於摩因街上。那裡並非時髦的區段，甚至不大入流。我搖了搖頭。

「我確定不是那裡。」我說。

櫃檯人員聳了聳肩。巴黎沒有其他間叫那個名字的旅館。這時我想到了，史崔蘭其實還是隱瞞了真正的住址。他給了合夥人我知道的這個地址，或許他是在耍他。我也不曉得自己怎會想到這其實是史崔蘭的惡作劇，他想讓那位火冒三丈的股票經紀人來到巴黎後，把他引到窮街陋巷裡不光彩的場所白跑一趟。即使如此，我心想最好還是得去看看才行。隔天約六點時我搭計程車前往摩因街，但在街角便下車了，因為我想步行過去，好好看一眼再進去。那是一條開著服務窮人的小店鋪的街，我沿街走下去，大約到了一半的左手邊就是比利時人旅館。我住的那間旅館本身就很樸實了，但和這間比起來堪稱宏偉。這是一幢老舊的大樓，它有一種邋遢破爛的氣氛，兩側的房子相較之下都顯得乾淨整潔。骯髒的窗子都關著沒開。查爾斯．史崔蘭為了一位不知名的妖女背棄了名譽和責任，縱情過著罪惡的生活，不會是在這種地方。我心裡怒了起來，因為覺得被耍了，差點二話不說便轉身離開。我走進去只是為了給史崔蘭夫人一個交代，我已經盡力了。

大門在一間店鋪旁邊。門敞開著，裡頭有張告示寫著：辦公室在一樓。我走上狹窄的樓梯，在樓梯平台上發現一個四面裝著玻璃的亭子，裡頭有一張辦公桌和兩張椅子。外頭有一張長凳，可以想像夜班服務生窩在上頭怪不舒服地度過夜晚。沒有人在，不過有個電鈴底下寫著「服務生」的字樣。我摁了電鈴，沒一會兒出現一名服務生，是個眼神閃爍、表情陰沉的年輕人。身上只穿著襯衫，腳底趿著軟拖鞋。

我也不曉得自己為何隨口便問了。

「有位史崔蘭先生住在這兒嗎？」我問道。

「三十二號房。在六樓。」

我整個人怔住了，好一會兒沒答話。

「他在嗎？」

服務生看了辦公室裡的板子。

「他沒寄放鑰匙。上樓去看看就知道了。」

我想不如順便問個問題。

「小姐在嗎？」

「先生是一個人。」

我上樓時服務生以狐疑的眼光盯著我。樓梯間昏暗又不通風。有種污濁的霉味。往上走了三階，有個穿著晨衣、頭髮蓬亂的女子打開門，不出聲地看著我經過。最後我終於爬到六樓，朝門牌三十二號的房間敲門。裡頭傳出聲響，然後門半掩著開了。查爾斯・史崔蘭就站在我面前。他一句話也不吭。顯然不曉得我是誰。

我報上自己的名號，盡量擺出輕鬆的態度。

「你一定不記得我了。我去年七月曾有幸與你同桌共餐過。」

「進來吧，很高興見到你。進來坐吧。」他開心地說。

我進了房裡。那房間很小，塞滿了法國人稱之為路易・菲利浦（Louis Philippe）風格的家具。房裡有一個很大的木質床架，上頭蓋著一團亂扔在那兒的紅色鳧絨被，還有一架很大的衣櫥，一張圓桌，一座很小的盥洗臺，還有兩張紅色布面的填充沙發。所有東西都骯髒破舊，並無麥克安德魯上校口中信誓旦旦的奢華墮落。史崔蘭將椅子上堆滿的衣物扔在地板上，我這就坐了下去。

「請問有何貴幹？」他問道。

在那個小房間裡，他看起來比我印象中記得的還要高大。他穿著一件舊的諾福克短外套，已經好幾天沒刮鬍子了。上次見到他時，他打扮得很整潔，看起來卻很不自在：如今他一副凌亂邋遢的模樣，看上去卻十分陶然自得。我不曉得他會對我準備好的台詞做何反應。

「我代表你妻子來見你。」

「我正好要出門喝杯餐前酒。你最好跟我一起來。你喜歡苦艾酒嗎？」

「我能喝。」

「那麼就走吧。」

他戴上了一頂亟需拂拭的圓頂禮帽。

「我們說不定會一起吃飯。你知道你該請我一頓晚餐的。」

「沒問題。你一個人嗎？」

我很得意自己十分自然地插入那個至關重要的問題。

「對啊。說實在的，我其實整整三天沒跟人說過話了。我的法文其實並不流利。」

我走在他前面下樓，心裡想著不曉得茶館裡那位小姐怎麼了？他們已經吵翻了嗎？或是他的迷戀已經消退？他花了一整年的時間，處心積慮只為了義無反顧一頭栽進去，看起來似乎沒這個可能。我們走到克利希大道去，在一間大型咖啡廳外頭的人行道上找了座位坐下。

12

那個時段的克利希大道人潮洶湧，你若有生動的想像力，或許在熙來攘往的人群中可以瞥見許多不倫戀情的主角。裡頭有公司職員和女店員；有如從巴爾札克（Honore de Balzac）書中走出來的老人家；靠人類弱點賺錢的行業的男女從業人員。巴黎較為貧窮的區域裡，街上有種摩肩接踵的活力，讓人熱血沸騰，期待迎接未知的事物。

「你對巴黎熟嗎？」我問。

「不熟。我們度蜜月時來過。之後就沒來過了。」

「你到底是怎麼找到你住的旅舍？」

「有人推薦給我的。我想找便宜的地方。」

苦艾酒來了，我們煞有介事地把水澆在融化的方糖上。

「我想我最好開門見山告訴你我的來意。」我稍微有點尷尬地說。

他眼中閃爍著光輝。「我就想遲早會有人來。我收到一堆艾美寄來的信。」

「那麼你很清楚我要說什麼了。」

「我一封都沒讀。」

我點了根菸沉澱思緒。我自己也不大清楚該怎麼著手此行任務。我事先想好的動人台詞，不論訴諸憐憫或表達憤慨，在克利希大道上似乎都格格不入。他忽然低聲竊笑。

「你擔上了個苦差事，可不是嗎？」

「喔，這我不曉得。」我這樣回答。

「好吧，聽我說，你把事情趕快解決，咱們晚上就有樂子了。」

我遲疑了一下。

「你可曾想過，你妻子有多不快樂？」

「她會平復過來的。」

我無法形容他這樣回答時有多麻木無情。我感到倉皇失措，但盡量不顯露出來。我端出自己當牧師的亨利叔叔會用的口氣，他每次要親戚捐獻助理牧師候選人協會（Additional Curates Society）時都會這樣說。

「你不介意我老實跟你說吧？」

他微笑著搖頭。

「她做了什麼讓你這樣對待她嗎？」

「沒有。」

「你對她有什麼怨言嗎？」

「沒有。」

「那麼這樣離開她豈不惡劣？你們都十七年的夫妻了，她也毫無毛病可挑。」

「惡劣。」

我驚訝地瞟了他一眼。他對我說的每句話皆由衷贊同，這讓我站不住腳。我的立場因此變得很複雜，更別說可笑了。我本來準備好要動之以情、曉之以理，忠告、訓誡和規勸齊發，必要的話甚至可以謾罵、憤怒且譏諷；但罪人毫不猶疑地坦承罪過時，心靈導師能怎麼辦？我缺乏這方面的經驗，因為我自己總是習慣否認一切。

「然後呢？」史崔蘭問。

我嘴角試著裝出輕蔑之意。

「既然你都承認了，那就沒什麼好說的了。」

「我想應該是沒了。」

我覺得自己此行任務執行得並不漂亮。我真的惱火了。

「去你的，你不能拋棄女人，讓她身無分文。」

「為什麼不行？」

「她要怎樣過活？」

「我已經養了她十七年，為何她就不該養活自己試試看？」

「她沒辦法的。」

「讓她試試。」

當然我有許多可以回應這句話的答案。我或許可以提起女性的經濟地位，男人締結婚姻時立下的契約、不論是默認或明定的，還有其他許多因素；但我覺得真正有意義的僅有一點。

「你不再愛她了嗎？」

「一點也不。」他這樣回答。

對所有人來說這件事極其嚴肅，但他回答的方式厚顏無恥到歡快的地步，我必須咬著嘴唇才不會笑出來。我提醒自己，他的行為可惡至極。我努力讓自己處於義憤填膺的狀態。

「真該死，你得想想你的孩子。他們不曾傷害過你。被生下來也不是他們自己的意願。你要是像這樣拋棄一切，他們會流落街頭。」

「他們已經養尊處優好幾年，遠超過大部分小孩子所擁有的一切。何況會有人照顧他們。說到這個，麥克安德魯夫婦會支付他們教育費。」

「可是你不喜歡他們嗎？他們是很乖巧的小孩。你真的想說你不想再和他們有任何關聯？」

「他們還小的時候我的確喜歡他們，不過現在大了，我對他們沒特別的感覺。」

「你好無情。」

「我敢說是這樣。」

「你看起來一點都不覺得羞愧。」

「的確不。」

我改變方針。

「大家都會覺得你是個畜生。」

「隨便他們。」

「知道別人厭惡鄙視你，你也沒差？」

「沒差。」

他簡短的回答極其輕蔑，我的問題相形之下，雖然再自然不過卻感覺荒謬。我思索了一會兒。

「我不曉得人要怎樣安心過日子，假如他心裡明白別人對他的非難？你確定自己不會哪天開始擔憂了起來？每個人多少都有點良心，遲早會找上門來的。假設你妻子死了，難道你不會悔恨當初？」

他沒回答，我等著他開口應聲。最後我還是自己來打破僵局。

「這你要怎麼說呢？」

「我只想說你蠢到家了。」

「無論如何，你都可能被迫必須扶養妻小。我想他們可以尋求法律保護。」我有點不悅地回嘴。

「法律能從石頭身上榨出血來嗎？我沒有錢，身上只剩一百英鎊左右。」

我愈來愈摸不著頭緒。他住的旅舍的確顯示他的處境拮据。

「錢花光你打算怎麼辦？」

「再賺。」

他的態度十分冷靜，眼神中不脫嘲諷的笑意，讓我所說的一切相形之下都顯得愚蠢。我安靜了一會兒，思索接下來該說什麼好。他倒是先開口了。

「艾美為什麼不改嫁？她還算年輕，也不是沒有姿色。我可以推薦她的確是優秀的妻子。她想跟我離婚的話，我不介意提供必要的理由。」

這下輪到我竊喜了。他很精明，這顯然是他鎖定的目標。他不曉得為了什麼理由，隱瞞他和女子私奔的事實，他小心翼翼隱藏她的下落。我斷然回答：

「你妻子說，不管你怎麼做，她都不會跟你離婚。她已經鐵了心。這條路你可以不必再想了。」

他驚訝地看著我，那神情絕對不是裝出來的。他收起嘴邊的笑意，很認真地說：

「可是朋友啊，我不在乎。不管離不離我半點都不在乎。」

我笑了出來。

「噢，拜託，你別以為我們都是笨蛋。我們恰巧就是知道你和女人私奔了。」

他楞了一下，接著驀地放聲爆笑，笑聲震耳欲聾，引得坐在附近的人回頭側目，有些也笑了起來。

「我不覺得這有什麼好笑的。」

「可憐的艾美。」他咧嘴而笑。

然後他臉色變得鄙夷不屑。

「女人的頭腦真可悲！愛。老都是愛。她們以為男人離開，只可能是移情別戀。你覺得我這麼做會是傻到因為一個女人嗎？」

「你意思是說，你並非為了別的女人而離開妻子？」

「當然不是。」

「你以人格擔保？」

我不曉得自己怎會這樣要求。我真是太過天真。

「我以人格擔保。」

「那麼，老天爺啊，你究竟為了什麼離開她？」

「我想畫畫。」

我細細端詳他良久。我不懂。我覺得他瘋了。別忘了當時我很年輕，在我眼裡他是中年男子。我只記得自己當下的訝異。

「可是你四十歲了。」

「正因如此我才認為是時候了。」

「你畫過畫嗎？」

「我小時候很想當畫家，但我父親逼我從商，因為他說搞藝術沒錢賺。我一年前開始嘗試畫。過去一年我晚上都去上課。」

「史崔蘭夫人以為你去俱樂部打橋牌時，你都是去上課？」

「沒錯。」

「你為什麼不告訴她？」

「我寧可保守祕密。」

「你會畫了嗎？」

「還不行。但我會成功的。所以我才來到這裡。我在倫敦無法達成目的。在這裡或許可以。」

「你覺得像你這樣的年紀才開始，會有任何成就嗎？大部分的人都十八歲就開始畫了。」

「我可以比十八歲時學得更快。」

「你憑什麼覺得你有天分？」

他沒馬上回答，眼神佇留在路過的人群身上，但我並不覺得他真的在看他們。他的回答等於沒回答。

「我就是得畫。」

「你這豈不是冒著很大的風險？」

他注視著我，眼裡閃著異光，我被他看得很不自在。

「你多大年紀了？二十三？」

我覺得他問這個岔題了。我會冒險是很自然的事，但他早已青春不在，他是個有身分地位的證券經紀人，家有賢妻和一雙子女。對我來說再自然不過的道路，以他而言卻荒誕不經。我也想持平而論。

「當然奇蹟有可能發生，你可能成為偉大的畫家，不過你也得承認這只有百萬分之一的機會。假如到頭來你必須承認自己搞得一團糟，那就難看了。」

「我就是得畫。」他又重複了一次。

「假如你頂多只能成為三流畫家，你覺得因此放棄一切值得嗎？畢竟以其他任何行業來說，你不特別傑出也沒關係，你只要還過得去就能過得很舒適，不過藝術家就不一樣了。」

「你這該死的蠢蛋。」他說。

「我不懂你為何這樣說，除非把顯而易見的道理說出來也算是蠢事。」

「我就跟你說了我得畫。我也沒辦法克制自己。一個人掉進水裡的時候，他游得好或不好並不重要：他就是得游出來，不然就等著溺水。」

他的聲音中帶著真正的熱情，我不由自主受到感動。我彷彿感受到一股激昂的力量在他體內掙扎：感覺就好像他不情願地被某種十分強烈、壓倒性的東西給控制住了。我沒辦法理解。他似乎被魔鬼附身，我覺得他隨時都可能被撕成兩半。然而他看起來正常極了。我眼睛好奇地盯著他看，他絲毫不以為意。他就穿著他那件舊的諾福克外套、頭戴著單面絨的圓頂禮帽坐在那兒，真不曉得陌生人會怎樣看他；他的褲子太過寬鬆，雙手也不乾淨；而他那張臉，下巴上長滿沒刮的紅色鬍碴、小小的眼睛和張揚的大鼻子，看起來粗魯鄙俗。他有張大嘴巴，嘴唇厚而肉感。不，我沒辦法幫他定位。

「你不會回你妻子身邊？」我終於這樣說道。

「絕對不會。」

「她願意忘記發生的一切從頭開始。她甚至完全不會責怪你。」

「叫她去死吧。」

「你不在乎別人覺得你是無恥之徒？也不在乎她和你的孩子得乞討為生？」

「一點也不。」

我沉默了一會兒，醞釀開口說出下一句話的氣勢。我一個字一個字慢慢吐了出來。

「你是個不折不扣的無賴。」

「這下你已經一吐為快了，咱們去吃晚餐吧。」

13

我心想，拒絕他的邀約應該會比較恰當。我想或許應該表現出內心所感到的憤慨，若是我能向麥克安德魯上校回報自己斷然拒絕與這種品性的男人同桌，至少他會對我有比較好的評價。但害怕自己無法有效地傳達立場，於是我一直無法端出這種架子來；而就史崔蘭而言，他一定無法察覺感受我的情緒，因此要開口說出這些話來也頗尷尬。唯有詩人或聖賢能滿腹自信地在柏油人行道上澆水，因為他們相信只要用心努力就能開出百合花來。

我付了兩人的飲料錢，然後一同前往一間擁擠而氣氛歡樂的便宜餐館，這頓飯我們吃得很開心。我一個年輕人的胃口很好，而他則是鐵了心腸地吃。之後我們還去了間小酒館喝咖啡和利口酒。

我來巴黎的任務，能說的我都說了，雖然不繼續追打下去對史崔蘭夫人多少有點不好意思，但對他的無動於衷我實在無能為力。同樣的事情要毫不怯懦退縮地說上三遍，非得要有女性的特質才辦得到。我安慰自己，若能想辦法了解史崔蘭現在的心態也算派上用場了。這一點對我來說也比較有意思。但這不是件容易的事，因為史崔蘭並不擅長講話。要表達自己的意思對他來說似乎有所困難，彷彿他的思考並非透過文字為媒介；你必須透過一些老套的成語、俚語和曖昧不明的手勢，去猜測他內心真正的意向。不過雖然他說的話毫無條理，他的為人卻不讓你覺得他呆板無聊。那或許就是因為他的真誠吧。他似乎不大在乎自己眼裡初見的巴黎風光（我沒算他和妻子來訪的那一次），對他來說一定很奇怪的景象，他一點也不大驚小怪地看在眼裡。我到過巴黎上百次，但每次都還是興奮不已；走在這城市的街道上，我總覺得自己就要進行冒險。史崔蘭一直處之泰然。如今回頭看，我現在覺得除了他自己靈魂中那騷動不安的想像之外，他眼中別無他物。

當天發生了一樁荒唐的小插曲。小酒館裡有幾個妓女：有些和男人同桌，有些則獨自一人；不久我便發現其中有一位朝著我們這邊打量。史崔蘭的眼神與她交會時，她面露微笑。我不覺得他看到了她。沒一會兒她到外面去，一下子又進來了，經過我們的座位時，她很客氣地要我們請她喝東西。她坐了下來，我開始和她聊天，但很顯然她感興趣的對象是史崔蘭。我解釋說他法文根本不認識幾個大字。她嘗試比手畫腳跟他說話，還講著洋涇濱的法語，她居然以為這樣他就聽得懂了，她自己會說的英語也沒幾句。她讓我翻譯她只能以自己語言表達的話語，並熱切地詢問他怎樣答覆。他反應很和善，自己也覺得有點好笑，但很顯然並未動心。

「我想你征服了人家。」我笑著說。

「我並不覺得得意。」

要是我的話，會比他更感到困窘而亂了套。她的眼神盈盈含笑，嘴唇甚為迷人。她也很年輕。我實在不懂她到底看上史崔蘭哪裡。她絲毫無意隱瞞自己的欲望，命我替她翻譯。

「她想要你跟她一塊兒回家。」

「我沒打算帶人出場。」他這樣回答。

我盡可能客氣地翻譯他的答覆。對我來說，拒絕那樣的邀約似乎有點無禮，我將他的婉拒歸咎於阮囊羞澀。

「可是我喜歡他，告訴他這是因為我愛。」她說。

我翻譯給史崔蘭聽，他不耐煩地聳了肩。

「叫她滾去死吧。」他說。

他的態度使他的答案再明顯不過，那個女孩子頭猛然往後一仰。或許在她滿面胭脂底下臉已經紅了。她起身站了起來。

「先生真沒禮貌。」她說。

她步出客棧。我有點火大。

「我看不出有任何必要羞辱她，畢竟人家那樣是對你的恭維。」我說。

「那種事情讓我反胃。」他粗魯地說道。

我好奇地打量著他。他臉上確實露出嫌惡的神色，然而那是張粗野且肉慾的男人臉龐。我想那女孩一定是被那張臉的某種野蠻特質所吸引。

「在倫敦我要什麼女人都有。我來這裡不是為了那個。」

14

回英國的旅途上，我反覆思索史崔蘭的事。我試著理出頭緒該怎麼跟他妻子說才好。我想到的都不滿意，我無法想像她會滿意我的說法，連我自己都不滿意了。史崔蘭教我困惑。我無法理解他的動機。我問他一開始怎會想到要當畫家，他要不是答不出來就是沒打算告訴我。我完全沒辦法理解。我試圖說服自己，他那遲鈍的腦袋瓜裡，慢慢被一種反叛的情緒給沖昏了頭，但要反駁這一點很簡單，他無疑不曾對自己單調的人生顯露過不耐。倘若他是突然覺得無聊難耐，因而下定決心成為畫家，只為了打破這種令人厭煩的羈絆，這還很好理解，而且也稀鬆平常，但我覺得他一點也不稀鬆平常。到了最後，因為我是個浪漫的人，我想出了一個確實牽強了點的解釋，但也只有這個解釋讓我自己感到滿意。是這樣的：我捫心自問，他的靈魂裡是否有某種根深柢固的創作本能，雖受到生活環境的壓抑，但後來卻不斷侵擾著他，就像活生生的人體組織長出癌細胞一樣，直到占據了他整個人的身心靈，逼迫他毫無抵抗能力地採取行動。杜鵑鳥會在陌生的鳥巢裡下蛋，直到幼鳥孵化後將養父母的子女推出巢外，最後還破壞庇護自己的窩巢。

但奇怪的是，創作的本能怎會突然侵襲這位呆板的股票經紀人，導致他身敗名裂，或許吧，並連累那些仰賴他的人；然而這也不算太過奇怪，畢竟上帝的聖靈也會突然找上那些有錢有勢的人，無時無刻不窮追猛打，直到他們最後被征服，選擇拋棄塵世的享樂與女子的懷抱，遁入修道院過著苦行的禁欲生活。一個人要轉性有各種可能，方法也有許多。有些人只需要一個刺激，一如岩石可能遭遇湍流便化為碎片；有些人則發生於潛移暗化中，就像滴水也可能穿石。史崔蘭則綜合了狂熱分子的直接與傳教使徒的兇猛。

但以我腦子裡實際的那一面而言，我還是得看他著魔般的熱情是否化為成效。我問到他在倫敦晚上去習畫時的同學們怎麼看待他的畫時，他咧嘴一笑：

「他們覺得那是個笑話。」

「你在這裡開始上畫室了嗎？」

「有。那個討厭鬼今天早上來過——噢，我說的就是師傅；他看了一眼我的畫便豎起眉頭，然後走開。」

史崔蘭笑出聲來。他似乎沒受到打擊。他不受同儕意見的影響。

在與他打交道的過程中，正是那一點最令我感到受挫。當人們說不在乎別人怎麼看待的時候，他們大多只是在欺騙自己。大致上他們的意思，充其量只是他們想做什麼就做什麼，以為沒有人會知道他們的反覆無常；至多只是他們情願違背大多數人的意見而行，因為有他們的鄰人贊同他們。要在世人面前當個違背傳統的人並不難，你違背的只是自己環境中的傳統。你能因此獲得過度的自尊心。你滿足於自己的勇氣，卻絲毫不必冒險犯難。但渴望獲得認可，或許是文明人最根深柢固的本能。一個不守常規的女子，一旦遭到道德體統憤慨的群起圍攻，沒有人比她更急於躲在名望體面的庇護之下。說一丁點兒都不在乎他人想法的人，我壓根兒不信他們。這只是虛張聲勢的無知行徑。他們只是覺得自己不怕別人責難他們的小過小錯，因為他們相信不會有人發現。

但這個人當真不在乎別人怎麼看他，因此常規對他來說毫無束縛力；他就像身上抹油的摔角手，你沒辦法捉住他，這賦予他令人氣得牙癢癢的自由。記得我曾經對他說：

「我說，假如每個人都跟你一樣，這世界就完蛋了。」

「別說這種傻話。不會每個人都想和我一樣。絕大多數的人都很滿足於普通和平凡。」

我也曾經一度想出言諷刺。

「你顯然不相信這句格言：人的一舉一動都要能成為普世皆準的規則。」

「我從來沒聽說過，總之那是胡說八道。」

「這樣啊，這是康德說的。」

「我不管，反正是胡說八道。」

對這樣的人，你也無法期望訴諸良心能起任何作用。你不如要求不照鏡子卻還能瞧見自己的模樣。群體為了自保發展出來一套規矩，我將良心視為一個人心中維護這套規矩的守護者。它是我們每個人心中設立的警察，監督我們不至於違反其律法。它是位於人的自我中心堡壘中的間諜。人有獲得同伴肯定的強烈欲望，深深害怕遭受他們的責難，以至於自己將自己的敵人引進了門；它時時刻刻照著主子的命令看守著他，擊碎任何企圖背離群體的意念萌生。它強迫他將社會的利益擺在自己的利益之前。它正是維繫個人與群體之間的強大連結。而人自己說服自己，群體利益大於自身的利益，並服膺這樣的道理，讓自己受制於人的奴隸。他自個兒坐上了自尊自重的位置。最後，一如朝臣奉承壓在自己肩頭的權杖，人自豪於其良心的反應靈敏。此時他找不出話來反駁不受其支配的人，如今身為社會的一分子，他清楚地了解到自己對該人無能為力。我眼見史崔蘭對自己所作所為必然引起的責難純然無動於衷時，我彷彿見著了非人的怪物般大驚失色。

我向他告別時，他最後說的話是：

「請告訴艾美，來找我也沒有用。橫豎我會換間旅館，她也沒辦法找到我了。」

「我自己的感覺是她沒你也好。」我說。

「親愛的朋友，我只希望你能讓她明白這一點。不過女人實在很不聰明哪。」

15

我抵達倫敦時，發現對方早已捎來了緊急訊息，請我於晚餐後盡快去史崔蘭夫人住處。到了後我發現她和麥克安德魯上校夫婦在一塊兒。史崔蘭夫人的姊姊年紀比她大，外表和她有點神似，只不過比較衰老；她有種能幹的模樣，彷彿整個大英帝國都掌握在她口袋裡，這是那些高級軍官的妻子們都有的特色，因為她們意識到自己屬於優等的種姓階級。她的舉止輕快敏捷，而本身的好教養也絲毫未曾掩瞞自己內心的信念，她認為你若不是軍人的話，那麼就跟店小二沒兩樣。她厭惡那些御林軍，她覺得他們太趾高氣昂；她也不願談起他們的妻子，她覺得她們都殆忽職守。她的穿著過時卻昂貴。

史崔蘭夫人顯然很緊張。

「好吧，把你的消息告訴我吧。」她說。

「我見到你丈夫了。恐怕他已經打定主意不回來了。」我停住了一下。「他想要畫畫。」

「這是什麼意思？」史崔蘭夫人驚詫不已。

「你從來不曉得他熱中那種事情嗎？」

「他一定是腦子壞掉了。」上校大呼道。

史崔蘭夫人皺著眉頭。她在回想過去記憶。

「我記得婚前他會拿著繪具匣東摸西摸的，不過從來沒看過那麼拙劣的畫。我們常揶揄他。他絲毫沒那方面的天分。」

「那自然只是藉口。」麥克安德魯說。

史崔蘭夫人深深思索了好一會兒。很顯然她完全無法理解我方才告知的消息。她的會客室這時候已經整頓得好了點，她身為家庭主婦的本能勝過了自身的失落；房間裡不再有我於事件發生後初次造訪時留意到的荒廢氣息，當時彷彿是間招租已久的出租房舍。不過自從我在巴黎見過史崔蘭後，現在我很難想像他置身於這樣的環境中。我還以為他們一定看得出來，他和這裡格格不入。

「可是他想當藝術家的話，為什麼不說呢？」史崔蘭夫人終於這樣說：「我覺得自己應該絕不會反對——那樣的願望。」

麥克安德魯夫人咬緊嘴唇。我猜她一定不曾認可妹妹對那些藝術家的偏好。提起「文化」二字，她常語帶嘲諷。

史崔蘭夫人繼續說道：

「畢竟假如他有才華的話，我一定會第一個跳出來鼓勵他。我不介意有所犧牲。我寧願嫁給畫家，而不是證券經紀人。要不是為了孩子，我什麼都不介意。就算在赤爾夕破舊的畫室裡，我也可以像住這間公寓一樣快樂。」

「親愛的，我受不了你了。」麥克安德魯夫人大聲說道：「你該不會說你相信這些胡說八道吧？」

「不過我認為是真的。」我委婉地插嘴說了句話。

她一臉不屑地看著我。

「一個四十歲的男人不會丟下事業、拋妻棄子去當畫家，除非是有了女人。我猜他一定是認識了你的——藝術圈朋友，被她給迷昏了頭。」

史崔蘭夫人蒼白的臉頰倏地脹紅。

「她是什麼樣子的女人？」

我遲疑了一會兒。我很清楚這會是一記震撼彈。

「沒有別的女人。」

麥克安德魯上校和妻子冒出不可置信的聲音，史崔蘭夫人跳了起來。

「你是說你從頭到尾沒見到她？」

「根本沒有其他人。他就自己一個人。」

「那樣太不合理了。」麥克安德魯夫人大呼。

「我就知道我應該自己過去，我一定沒兩下就把她給揪出來。」上校說。

「我也希望是你過去，」我語氣有點尖酸地回答：「你會看到你所有的臆測都大錯特錯。他並非下榻時髦的旅館，而是住在一個髒亂不堪的陋室裡。他離開自己的家，並非是去過著快活的生活。他幾乎身無分文。」

「你覺得他是幹了什麼我們不曉得的事情，所以在躲警察避風頭嗎？」

這想法讓他們心中燃起一絲希望，但我不願意陪他們玩下去。

「假如是這種狀況，他不會傻到給合夥人他的地址。」我不留情地反駁：「無論如何，有件事情我能確定，他不是跟人私奔去了。他沒愛上別人。他從沒動過這個念頭。」

他們靜靜思索我說的話。

「好吧，假如你所言屬實。」麥克安德魯夫人終於開口說：「事情沒我想的那麼糟。」史崔蘭夫人對她投以一瞥，但沒說什麼。

她此時臉色蒼白，纖細的眉頭黯淡低垂。我讀不出她臉上的表情。麥克安德魯夫人繼續說道：

「假如只是一時衝動，他會恢復正常的。」

「艾美，你何不過去找他呢？」上校放膽說道：「沒道理你不能去巴黎陪他住上個一年。我們會照顧孩子們。我敢說他一定是累了。遲早他就會準備好想回倫敦了，那樣也無傷大雅。」

「是我就不會那樣做。」麥克安德魯夫人說：「我會放任他自由去。他會自己夾著尾巴跑回來，重新甘於安穩的生活。」麥克安德魯夫人冷冷地看著自己的妹妹。「可能你和他相處有時候不夠聰明。男人這種動物怪得很，你必須懂得怎樣掌控他們才行。」

麥克安德魯夫人敘說著一般女性常有的意見，男人離開愛他的女人固然可惡，但女方也同樣有錯。**心自有它的理由，是理性所無法了解的。**[8]

史崔蘭夫人的眼神緩緩巡視著我們。

「他永遠不會回來了。」她說。

「噢，親愛的，別忘了我們方才聽到的。他已經習慣了養尊處優、有人照料的生活。你覺得他多久便會厭倦破旅館裡寒酸的房間呢？除此之外他身上也沒有錢。他一定會回來的。」

「只要我以為他是和別的女人私奔了，我就覺得還有機會。我不相信那種事情會有結果。不出三個月他就會徹底厭倦她。不過要是他的離開並非因為愛上別人，那麼就完了。」

「喔，我覺得那太複雜了。」這種特性對他這一行的人來說太過陌生，上校在話中放

---

8 原文出自十七世紀法國數學家兼哲學家帕斯卡（Blaise Pascal）：*Le cœur a ses raisons que la raison ne connaît point.*

進他所有的不屑。「你別那樣想。他會回來的，而且就像桃樂絲說的，他出點軌也不會怎樣。」

「可是我不想要他回來。」她說。

「艾美！」

史崔蘭夫人怒不可抑，面無血色是因為驟然而生冷酷的盛怒。她幾乎不喘氣地連珠炮說道：

「他要是迷戀上別人跟她私奔，這我還可以原諒。我甚至會覺得那樣也很自然。我不會真的怪罪他。我會覺得他是被拐走的。男人太軟弱，女人又寡廉鮮恥。但這不一樣。我恨他。這下我永遠都不會原諒他。」

麥克安德魯上校和妻子開始一起試著說服她。他們說她氣瘋了，他們不懂她怎會這樣。無計可施之下，史崔蘭夫人轉向我。

「你也不懂嗎？」她高喊著。

「我也不是很確定。你意思是，他若因為女人離開你，你可以原諒他，但他若因為理想而離開你則不行？你認為你敵得上前者，對後者卻無能為力？」

史崔蘭夫人賞了我不甚友善的一眼，卻也不作回答。說不定還真的被我給說對了。她低聲微顫說道：

「我從來不曉得自己可以像恨他這樣恨一個人。你知道嗎？我一直安慰自己，不管那會持續多久，到頭來他還是會要我的。我知道他垂死之際會召喚我，我也會隨時動身去他的身邊；我會像母親一樣照顧他，到最後我會告訴他一切都沒關係，我一直都還愛著他，所有的一切我都原諒他。」

在自己所愛的人臨死之際，女人力求要表現得漂亮，這樣的執著一向令我感到有些不安。有時候甚至彷彿她們抱怨對方過於長壽，延緩了她們好好表現的機會。

「不過現在——現在都結束了。他對我來說就像個陌生人一樣無感。我希望他挨餓貧困而死，死時孑然一身。我希望他染上惡病腐朽削瘦。我已經受夠他了。」

此時我想不如說出史崔蘭的提議。

「假如你想和他離婚，他願意配合達成離婚成立的條件。」

「我為什麼要讓他自由？」

「我不認為那是他想要的。他只是覺得那樣可能對你比較方便。」

史崔蘭夫人不耐地聳聳肩。我覺得對她有點失望。和現在比起來，當時我比較期望人們能表裡如一，結果發現像她這樣迷人的女性心中居然懷著此等報復心，令我大失所望。我當時並不了解，人類是由多麼駁雜的性質所組成的。如今我很清楚，小心眼與寬容大度、惡意與慈悲、仇恨與愛意，可以在同一個人的心中並行不悖。

我不曉得自己是否能說些什麼，來緩解史崔蘭夫人此刻備受折磨的屈辱感。我想自己不如試試看。

「你知道嘛，我也不敢斷言你丈夫能為自己的行為負責，我覺得他不大正常。他彷彿被某種力量附身，那股力量利用他達成自己的目的，他就像落入蜘蛛網的蚊子一樣無能為力。彷彿有人對他施了咒一樣。他讓我想起那些坊間流傳的怪談，故事中的主角被別人鳩佔鵲巢，原本的靈魂被驅出了身體。靈魂在新的肉體裡住得並不安穩，還可能產生令人費解的轉變。在過去，他們會說查爾斯·史崔蘭著魔了。」

麥克安德魯夫人撫平她的衣襬，金手鐲在手腕上滑動。

「我覺得那一切都太過牽強。」她尖刻地說道：「我並不否認艾美或許有點太過忽視丈夫。要不是她一直忙著自己的事情，我才不相信她會沒注意到哪裡出問題了。我就不認為艾力克能心裡有事瞞著我超過一年，而我卻未瞭若指掌。」

上校放空眼神，我實在想不出來還有誰能像他這樣一臉無辜。

「但那並未改變查爾斯·史崔蘭是個冷血畜生的事實。」她以嚴厲的眼神看著我。「我可以告訴你他為什麼丟下妻子——那純粹出於自私，沒別的了。」

「這的確是最簡單的解釋。」我說。不過我覺得這什麼都沒解釋。我說自己累了，便起身告辭，史崔蘭夫人毫無挽留的意思。

16

接下來發生的事情，顯示史崔蘭夫人是個有品的女子。無論她承受了何等的苦痛，她都不動聲色。她敏銳地認知到，世人轉眼便對叨絮不休的不幸遭遇感到厭煩，還會刻意迴避苦主。她只要出門在外——朋友愈是同情她的不幸遭遇，愈發想招待她——都會端出堪稱完美的模樣。她內心勇敢，但不張揚；她處事愉悅，卻不顯得厚顏無恥；而且她似乎更急著聽取他人的煩惱，而不願訴說自己的難處。她提起丈夫總是帶著憐憫。她對他的態度，一開始令我摸不著頭緒。有一天她對我說：

「你知道嗎？我相信你說查爾斯是自己一個人，一定是搞錯了。我從不能透露來源的消息得知，他並非獨自一個人離開英國。」

「那樣的話，他還頗有隱瞞行蹤的天分。」

她臉微微泛紅，避開了眼光。

「我想說的是，假如有人談起這件事，他們若是說他與人私奔去了，請勿出言反駁。」

「這當然。」

她隨即改變話題，彷彿她完全不在意這件事。我很快便發現，在她的交友圈中開始流傳一個奇妙的故事。他們說查爾斯・史崔蘭迷上一位法國舞者，起初他是上帝國劇院看芭蕾舞時遇見了她，隨後便跟著她去到巴黎。我找不出傳言的根源，但說也奇怪，這讓史崔蘭夫人贏得眾人同情，同時也使她建立了不小的名氣。這對她決定從事的職業來說也不無用處。麥克安德魯上校說她身無分文並不誇張，她也必須趕快開始自力更生。她下定決心靠自己結識的許多作家來掙錢，立即開始學習速記和打字的功夫。她接受的教育使她的打字技巧比一般人來得有效率，而她的遭遇也使她的訴求更加服人。友人們答應把工作給她，也會盡量將她推薦給其他人。

膝下無子且生活無虞的麥克安德魯夫婦，商量好要照顧孩子們，這樣史崔蘭夫人只需養活自己就行了。她搬離原本的公寓，賣掉所有家具。她在西敏區的兩房小公寓安頓了下來，重新面對世界。她行動效率之高，事業無疑一定會成功。

17

這件事過了五年後，我決定去巴黎住一陣子。我在倫敦變得疲乏了。我厭倦了每天都做差不多的事情。我的朋友過著一成不變的生活；他們不再讓我驚喜，見面時我都知道他們會講些什麼；就連他們的愛情韻事都像老調重彈。我們就像往返於終點站之間的電車，搭載的乘客數量有限，算都算得出來。生活太過井然有序。我突然恐慌了起來。我放棄了我那間小公寓，賣掉為數不多的家產，決心一切從頭開始。

我離開前去拜訪史崔蘭夫人。我已經好一陣子沒見到她了，而我發現她已經有所改變；不僅變老、變瘦、皺紋更多，我也覺得她性格都變了。她事業做得很成功，如今在法庭巷（Chancery Lane）還有間辦公室；她很少自己打字了，大部分的時間都在校對手下四名女孩的工作內容。她想出個點子讓工作增添一分巧思，她用了大量的藍色和紅色墨水；她用粗紙來裝訂文件，這樣的材質看起來有點像各種淺色調的波紋綢；她也在業界建立起工作俐落與正確的名聲。她的生意有賺錢，但她就是覺得必須賺錢養活自己是件不光彩的事，她也喜歡提醒別人她的出身良好。談話中她老是會提起自己認識些什麼人，要讓你知道她的社會地位並未下降。她有點以自己的膽識與做生意的手腕為恥，卻很開心明晚要與住在南肯辛頓的御用律師共餐。她滿足於能夠告訴別人她的兒子在劍橋，說起剛好不在家的女兒獲邀參加的一堆舞會，她也會輕輕笑起來。我猜我一定是說了句很蠢的話。

「她也會進你這一行嗎？」我問道。

「噢，不。我不會讓她那樣做，她長得很漂亮。我相信她一定能嫁得很好。」史崔蘭夫人答道。

「我還以為她能幫你的忙。」

「還有些人提議說她應該登上舞台演戲呢，但我當然不可能同意。每一位當紅的劇作家我都認識，明天就幫她弄到個角色也不成問題，不過我不希望她和各種拉拉雜雜的人混在一塊兒。」

史崔蘭夫人涇渭分明的態度讓我心裡有點發寒。

「你後來有你丈夫的消息嗎？」

「沒，半點消息都沒有。他可能已經死了也不一定。」

「我說不定會在巴黎遇見他。如果我有他的消息，你想知道嗎？」

她猶豫了一會兒。

「假如他真的有困難，我願意幫點忙。我會寄點錢過去給你，他需要的時候你可以慢慢給他。」

「你人真的很好。」我說。

但我曉得她這樣的舉動並非出自善心。人們說苦難的折磨會讓人變得高風亮節，但這不是真的；有時幸福有此可能，但苦難大致上只會讓人變得心胸狹窄而滿懷恨意。

18

事實上，我在巴黎還沒待上兩週就遇見了史崔蘭。

我很快就在女士街（Rue des Dames）一幢房子五樓找到一間小公寓，花了兩百法郎在二手商店買到足以過活的家具。我和管理員談好每天早上幫我煮咖啡，還有保持環境乾淨，然後我便去見了我的友人德克．史特洛夫。

依照每個人不同的個性，想起德克．史特洛夫這個人你要不是輕蔑嘲弄的一笑，就是會尷尬地聳聳肩。他天生是個丑角。他是一名畫家，但畫得很糟，我和他在羅馬相遇，現在我還記得他的畫。他對陳腔濫調的事物懷抱著真摯的熱情。他的靈魂因為熱愛藝術而悸動，他會替在西班牙廣場（Piazza di Spagna）貝尼尼（Gian Lorenzo Bernini）設計的階梯上閒晃的模特兒作畫，絲毫無懼其過於顯眼的如畫風景；而他的畫室裡掛滿了繪有戴著有帽舌的帽子、蓄鬍而大眼的農民，與一身衣衫襤褸相襯的小童，以及穿著色彩鮮麗的襯裙的女子。有時他們漫步於教堂的階梯上，有時流連於晴朗無雲藍天下的柏樹林中；有時他們在文藝復興時期的水井旁談情說愛，有時伴著牛車在羅馬鄉間遊盪。他們都經過悉心描繪，就連照片也沒那麼準確。美第奇別墅（Villa Medici）有位畫家稱他為「巧克力盒繪畫大師」。看他的畫你還會以為，像莫內和馬奈等印象派畫家從來都不曾存在過。

「我不妄想自己是偉大的畫家，」他這樣說過：「沒錯，我不是米開朗基羅，但我有自己的長處。我畫賣得不錯。我把浪漫情懷帶入各種人家。你知道嗎？不只荷蘭人買我的畫，就連挪威、瑞典和丹麥都有人買。大部分買的都是貿易商或是有錢的商人。你沒辦法想像那些國家的冬天，是這麼漫長、黑暗而寒冷。他們喜歡想像義大利就像我畫中一樣。那就是他們所期盼的。那也是我來這裡之前對義大利的期待。」

而我覺得那也就是一直停留在他腦海裡的畫面，令他目眩神迷到看不清真相；不管現實多麼殘酷，他一直以這種精神看待義大利，在他眼裡義大利就是一個俠盜馳騁、古蹟如畫的國度。他筆下畫的就是這樣的理想——雖然貧乏、平庸且陳舊，但這依然是種理想，也賦予他的性格一定的魅力。

因為我有這樣的感受，所以我和其他人不一樣，不會將德克．史特洛夫單純視為訕笑的對象。他的畫家同伴從不隱藏他們對他作品的輕蔑，但他收入不錯，他們也毫不顧忌從他身上揩油。他為人慷慨，而那些缺錢的人一方面取笑他的天真，笑他居然會相信他們編的理由，一方面厚顏無恥地向他借錢。他十分感情用事，然而他的感情太容易被打動，因此顯得荒謬，以致你接受他的好意卻不會覺得感激。從他身上撈錢跟搶劫小孩一樣容易，你會因為他的愚蠢而鄙視他。我想以自己手腳靈活感到自豪的扒手，碰到把裝滿珠寶的化妝包給忘在計程車裡的粗心女子，一定會感到氣憤。雖然他天生便是個笑柄，但他卻無遲鈍麻木的能耐。別人損他而開的玩笑，不論惡意與否，都讓他羞愧難堪，然而他卻似乎刻意地從來不避開。他屢屢受傷，然而他天性良善，因此無法對人懷抱惡意：他可能會被毒蛇螫傷，但卻一直學不乖，痛才剛消退便又親切地將毒蛇擁入懷中。他的人生是一齣以低俗鬧劇寫就的悲劇。因為我不會取笑他，他很感激我，常對願意聆聽的我傾訴他一長串的煩惱。那些煩惱最哀傷之處在於其千奇百怪，而愈是可悲你愈想笑。

不過雖然他畫技拙劣，他對藝術的感受卻十分敏銳，和他一起上畫廊是種難得的享受。他的熱忱毫不虛假，評斷也精準到位。他的品味包羅萬象。他不僅能鑑賞老大師的作品，對現代畫家也有所共鳴。他一眼就能看出畫家的才華，並不吝於讚賞對方。我應該不曉得有誰比他還善於做出準確的評斷，而且他比大部分畫家都還要有知識修養。他和大部分的畫家不一樣，他們往往對相關的藝術一無所知，而他對音樂和文學的愛好，使他對繪畫擁有深入且廣泛的領會。對像我這樣的年輕人來說，他的建議和指導實屬無價。

我離開羅馬後與他通信，大約每兩個月會收到他以奇怪英語撰寫的長信，一展信便彷彿又在眼前見到他那急促而語無倫次、熱切且比手畫腳的說話神情。在我前往巴黎之前，他和一位英國女子成親，如今定居在蒙馬特一間畫室。我四年沒見到他了，也從未看過他妻子。

19

我沒事先跟史特洛夫說要來訪，我摁響他畫室的門鈴時，是他自己來開的門，而他一時之間沒認出我來。一會兒他才高興地驚呼一聲，把我拉進門去。被人這樣熱烈地歡迎著實窩心。他妻子坐在爐邊縫東西，我一進去她便起身。他介紹我是誰。

「你不記得了嗎？」他對她說：「我常跟你提起他。」然後轉頭跟我說：「你怎麼沒讓我知道你要來？你來多久了？你打算留多久？你怎麼不早一個小時來呢？這樣我們還可以一起吃個飯。」

他連番問了我一堆問題。他讓我坐在椅子上，像拍打墊子般一直拍打我的背，還硬塞雪茄、蛋糕和酒給我。他就是沒辦法讓我閒下來鬆一口氣。他懊悔自己沒有威士忌，起念想幫我煮杯咖啡，絞盡腦汁思考還可以為我做些什麼，一直衝著我笑，最後整個人興高采烈到滿身大汗。

「你一點都沒變。」我邊看著他邊笑著說道。

他的外表依然像我記憶中那樣滑稽。他是個短腳的小個兒胖子，年紀尚輕——頂多三十歲吧——頭卻未老先禿。他一張臉圓滾滾的，臉色紅通通，皮膚本身很白，但臉頰和嘴唇都赤紅。他藍色的眼珠子也圓滾滾的，戴著一副大金框眼鏡，眉毛淡薄到幾乎看不見。他讓人想起魯本斯（Peter Paul Rubens）筆下畫的那些心寬體胖的商賈。

我告訴他我打算在巴黎住上一陣子，而且已經找到公寓了，他聞言受傷地責怪我沒先告訴他。他可以親自幫我找間公寓，還可以借我家具——我難道家具還當真用買的？——他還可以幫我搬家安頓。我沒給他機會讓他幫忙，他著實覺得這樣很不夠朋友。與此同時，史特洛夫夫人安安靜靜坐在那兒縫補襪子，她沒開口出過聲音，光是嘴角掛著淺笑聽他說的每一句話。

「你看，我已經結婚了，」他突然迸出這一句：「你覺得我妻子怎樣？」他對著她燦笑，將眼鏡推回鼻梁上。汗水害得他眼鏡一直往下滑落。

「你究竟期待我怎樣回答？」我笑了出來。

「德克，拜託。」史特洛夫夫人也微笑著插上一句話。

「可是她很棒吧？小伙子，我跟你說，別浪費時間了，趕緊結婚吧。我是全世界最幸福的男人。你瞧她坐在那兒的模樣。可不是好像一幅畫？像夏丹（Jean-Baptiste-Siméon Chardin）對吧？我見過全世界美麗的女子，我沒見過比德克．史特洛夫夫人更美的了。」

「德克，你再不住嘴的話，我就要走了。」

「我的小親親。」他說。

她臉泛紅暈，他話中的濃情蜜意令她發窘。他在信中提過自己深愛妻子，我也看見他目光幾乎沒離開過她身上。我說不上來她是否愛他。天可憐見，他不是個能激發愛意的丑角，但她眼裡有深情的笑意，可能她的矜持其實隱含著深厚的感情。她並非他為愛瘋狂的綺思裡見到的絕世尤物，但她有種莊重之美。她頗為高䠷，身上那襲灰色的洋裝款式簡單但剪裁得宜，掩不住她姣好的身形。這樣的身材或許比較吸引雕刻家而非服裝製作人。她一頭棕髮，髮量豐盈，梳理得很樸素；她的臉色淺白，五官端正但不突出。她有一雙靜默的灰色眼眸。要說美麗還差一點，甚至也說不上漂亮。但史特洛夫提起夏丹並非無的放矢，說也奇妙，穿戴著室內女帽和圍裙的她，竟讓我想起那位偉大畫家不朽畫作中討喜的家庭主婦。我可以想像她在鍋碗瓢盆中不慌不亂地忙著家務，彷彿在進行著某種儀式，甚至因此具有道德訓意；我不覺得她會有聰明才智或幽默風趣，但她專心致志的模樣讓我甚感興趣。

她的矜持也帶有一絲神祕的意味。我不禁猜想她怎會嫁給德克．史特洛夫這個人。雖然她是英國人，我卻說不上她來自何處，她出身的社會地位也並不明顯，連她的教育背景和婚前的生活狀態也不清楚。她很安靜，但她開口講話時的聲音悅耳，態度也很自然。

我問史特洛夫他是否正在工作。

「工作？我現在畫得比以前都好。」

我們就坐在畫室裡，他手比著畫架上一幅尚未完成的畫。我嚇了一跳。他正在畫一群穿著羅馬鄉間服飾的義大利農人，漫步於一座羅馬教堂的台階上。

「你現在在畫那個？」我問道。

「對。我在這裡可以找到和羅馬一樣的模特兒。」

「你不覺得很美嗎？」史特洛夫夫人說道。

「我這個傻妻子還以為我是大畫家呢。」他說。

他帶著歉意的笑無法掩飾他心中的喜悅。他的眼神流連在自己的畫作上。說也奇怪，他的眼光碰到別人作品時總是精準而不落俗套，卻能滿足於自己老套且俗氣到難以置信的畫。

「多拿些你的畫給他看。」她說。

「這樣好嗎？」

德克．史特洛夫雖然飽受友人奚落，但他依然渴望他人的稱讚，而且天真地易於自滿，他無法抗拒展示自己作品的機會。他拿出一幅繪有兩名鬈髮的義大利孩童玩彈珠的畫。

「很可愛吧？」史特洛夫夫人說道。

接著他又拿出更多畫來。我發現他在巴黎依然畫著同樣一成不變、風光明媚的玩意兒，跟他在羅馬畫了那麼多年的東西一模一樣。全部都虛有其表、缺乏誠意而粗製濫造；然而也再沒有比德克．史特洛夫更加正直、真誠而坦率的人了。誰能夠解釋這樣的矛盾呢？

我也不曉得打哪兒來的念頭，隨口便問了句：

「我說啊，你該不會恰巧遇見過一位名叫查爾斯．史崔蘭的畫家吧？」

「你該不會說你認識他吧？」史特洛夫驚呼。

「混帳東西。」他妻子這樣說。

史特洛夫笑了出來。

「我可憐的小寶貝兒。」他走到她身邊親吻她雙手。「她不喜歡他。怪了，你怎麼會認識史崔蘭？」

「我討厭沒禮貌的人。」史特洛夫夫人說道。

德克一直笑著，他轉過頭來對我解釋。

「是這樣的，有一天我邀請他過來看我的畫。他人是來了，我讓他看了我所有的東西。」史特洛夫忸怩地頓了一會兒。我不曉得他為何不由自主說起這件事，要把話說完他感到頗難為情。「他看了——看了我的畫，然而卻不發一語。我還以為他打算把評斷留到最後才說。最後我說：『好啦，這就是全部了！』他卻說：『我來這裡是要你借我二十法郎。』」

「德克還真的給他了。」他妻子忿忿說道。

「我被嚇壞了。我不喜歡拒絕別人。他把錢放進口袋，只點了個頭說：『謝謝。』然後就走了。」

德克．史特洛夫敍述這段故事時，他那傻氣的圓臉上還是一副驚愕茫然的神情，你很難忍住不笑。

「我不在意他說我的畫很糟，但他什麼都沒說——一個字也沒說。」

「德克，你就偏要說這件事。」他妻子說道。

你會覺得這個荷蘭佬的荒謬姿態好笑，反而不會因為史崔蘭對他的粗魯而感到生氣，這一點實在很慘。

「我希望再也不要見到他了。」史特洛夫夫人說。

史特洛夫聳聳肩笑了一下。他已經恢復原先的好脾氣了。

「但他確實是個傑出的藝術家，非常的傑出。」

「史崔蘭？」我驚呼了出來。「不可能是他吧。」

「一嘴紅鬍子的大塊頭。查爾斯．史崔蘭。英國人。」

「我認識他的時候沒留鬍子，但留了鬍子應該是紅色的。我想到的那個人五年前才剛開始畫畫。」

「那就是了。他是個偉大的藝術家。」

「不可能。」

「我可曾看走眼過？」德克反問我。「我告訴你，他有天分。我確信無誤。一百年後，假如咱們倆還被人記得，那會是因為我們認識查爾斯．史崔蘭。」

我楞住了，同時心底也雀躍不已。我突然想起上次見面與他的談話。

「哪裡可以看到他的作品？他有了好成績嗎？他住在哪裡？」我問。

「沒，他沒什麼成績。我想他應該也沒賣過半幅畫。你若跟別人談起他，人們只會發笑。但我知道他是個偉大的藝術家，畢竟人們也嘲笑過馬奈，柯洛（Jean-Baptiste Camille Corot）也沒賣出過畫。我不曉得他住哪裡，不過我可以帶你去見他。他每天晚上七點都會在克利希大道上的一間咖啡廳。你要的話我們明天就可以去。」

「我不確定他是否會想見我。我想我可能會讓他記起他情願忘記的舊日時光。不過我還是會去。我有機會看到他的畫嗎？」

「沒辦法從他那邊看到。他什麼都不會讓你看。我認識一個小畫商，他那裡有兩三幅。不過你一定要跟我去，你會看不懂的。我一定要親自替你介紹。」

「德克，你讓我忍不住了，」史特洛夫夫人說：「他那樣子對你，你怎麼還能這樣說他的畫？」她轉身面對我。「你知道嗎？有荷蘭人要來買德克的畫，他卻試圖勸人家買史崔蘭的畫。他堅持要帶他們過來看。」

「那麼你是怎麼看的呢？」我笑著問她。

「他的畫糟透了。」

「啊，親愛的，你不懂的。」

「是嗎？那些荷蘭人還對你發脾氣。他們以為你是在開他們玩笑。」

德克．史特洛夫摘下眼鏡來擦拭。他的臉激動得都脹紅了。

「美是世界上最珍貴的東西，你怎麼會覺得美會像沙灘上的石子一樣躺在那兒，等著偶然路過的人隨意拾起？美奇妙而不可思議，是藝術家的靈魂受盡折磨，從那混沌的世界裡一手打造出來的。而當他創造出來時，並非所有人都能理解。你必須走過藝術家奮鬥的歷程，才認得出它來。那是他唱給你聽的一首旋律，想在自己腦海裡再聽一次這首旋律，你必須具備相應的知識、感性及想像力。」

「德克，那麼為何我一直覺得你的畫很美呢？我第一眼看見你的畫就很喜歡了。」

史特洛夫的嘴唇微微顫抖著。

「親愛的，你先上床睡吧。我陪咱們朋友走一會兒，待會就回來。」

20

德克．史特洛夫答應隔天晚上帶我去史崔蘭最常現身的咖啡廳。發現那就是當初我去巴黎見史崔蘭時兩人共飲苦艾酒的咖啡廳，我更是興趣盎然。他一直都沒變這一點，顯示出他慣常的習性不改。

「他就在那兒。」我們抵達咖啡廳時史特洛夫說道。

雖然時序已進入十月，傍晚的氣溫依然暖和，人行道上的座位擠滿了人。我眼睛匆匆掃過人群，卻不見史崔蘭的蹤影。

「你看。就在角落那兒。他在下棋。」

我發現有個人傾身霸住棋盤，但我只見到一頂大氈帽和紅鬍子。我們穿梭過擁擠的桌子，好不容易才到他身邊。

「史崔蘭。」

他抬起頭來。

「哈囉，胖子。你想幹麼？」

「我帶了個老朋友來見你。」

史崔蘭瞄了我一眼，顯然沒認出我來。他繼續端詳著棋盤。

「坐下，別吵。」他說。

他動了一只棋子，隨即整個人陷入棋局中。可憐的史特洛夫一臉愁容，但我可沒這麼容易就受挫。我點了東西喝，靜靜等史崔蘭下完棋。我正好有機會好好打量他。我沒能認出他來是一定的。首先他那嘴蓬亂不修邊幅的紅鬍子掩住大半張臉，而且頭髮也留得很長；但最教人吃驚的改變是他變得好纖瘦。這讓他的大鼻子更顯跋扈，凸顯出他的顴骨，也讓眼睛看起來變大了。兩側的太陽穴凹陷得厲害，身軀枯槁憔悴，身上穿著我五年前看到的同一套衣服，但變得破舊髒污襤褸，空晃晃地掛在身上，彷彿那是別人的衣服一樣。我注意到他的手髒髒的，還留著長指甲，強健的大手筋骨畢露，但我忘了他的手有這麼好看。他整個人注意力定在棋局上，坐在那兒的神態令人目眩——那是種強大力度的展現，我也不明白為何他削瘦的身形居然使這樣的神態更加懾人。

不久後他下了一步棋，然後身子往後靠，心不在焉地打量著對手。對手是一名蓄鬍的胖法國人。法國佬細細考量局勢，驀地從嘴裡冒出一連串生動的感嘆詞，然後不耐地揮手將棋子掃入棋盒裡。他不住咒罵著史崔蘭，喚來服務生付了飲料錢，然後離去。史特洛夫將椅子拉近桌邊。

「我想現在可以談話了吧。」他說。

史崔蘭眼光落在他身上，眼神裡不懷好意。我覺得他是打算嘲弄他一番卻找不到話好說，只好選擇沉默。

「我帶了個老朋友來見你。」史特洛夫又說了一次，臉上堆滿笑意。

史崔蘭仔細打量我將近一分鐘。我不吭一聲。

「我這輩子從來沒見過他。」他說。

我不曉得他為何這樣說，因為我確定自己在他眼中見到一絲相認的意味。我已經不若幾年前那麼容易羞赧了。

「我前幾天剛見過夫人，我相信你想了解她的近況。」我說。

他哈哈一笑，眼裡閃過一絲光芒。

「咱們曾共度愉快的一晚，那是多久以前了？」他說。

「五年了。」

他又叫了一杯苦艾酒。史特洛夫喋喋不休地解釋我倆相識的經過，以及我們如何意外發現彼此都認識史崔蘭這個人。我不曉得史崔蘭是否聽了進去。他若有所思地看我一兩眼，但大部分時候他都想著自己的事情；當然了，沒史特洛夫在一旁叨叨絮絮，這段對話會很難進行下去。過了不到半小時，荷蘭人看看手表，宣布他得走了。他問我是否要跟他一起走。我暗忖自己私底下或許可以從史崔蘭身上問到些什麼，於是回說我要留下來。

胖子離開後我開口說：

「德克·史特洛夫覺得你是很棒的藝術家。」

「你哪根筋不對勁覺得我會在乎？」

「你會讓我看你的畫嗎？」

「我為何要讓你看？」

「我說不定會想買畫。」

「我說不定不想賣畫。」

「你錢賺得夠多嗎？」我笑笑地問他。

他咯咯笑了出來。

「我看起來像嗎？」

「你看起來像餓著肚皮的樣子。」

「我是餓著肚皮沒錯。」

「那麼咱們來吃點東西吧。」

「你為什麼要請我？」

「我並非出於好心，我壓根兒才不管你肚皮餓著了沒。」我若無其事地答道。

他眼睛又亮了起來。

「那麼就走吧，」他起身說道：「我想好好吃上一頓。」

21

我讓他挑選餐館，不過在路上我買了份報紙。點完晚餐後，我將報紙攤開來看，報紙就靠在聖加米爾礦泉水的瓶子上。我們靜靜地用餐。我感覺到他不時朝我這邊看，不過我不以為意。我刻意要逼他開口交談。

「報紙上刊登了些什麼嗎？」這頓沉默的晚餐將近尾聲時，他開口說道。

我彷彿在他聲音中聽到一點惱怒的語氣。

「我一直很喜歡讀副刊的戲劇評論。」我說。

我摺起報紙放在身旁。

「晚餐我吃得很開心。」他說。

「我們就在這兒喝咖啡吧，你說呢？」

「好。」

我們點燃雪茄。我不發一語地抽著。我注意到他的眼神時不時停留在我身上，嘴邊帶著一絲覺得好玩的笑意。我很有耐心地等著。

「上次見面後你都做了些什麼？」他終於問道。

我可說的不多。我訴說的不外乎乏善可陳的辛勤工作，各種面向的嘗試，還有對書本和人類所累積的知識，諸如此類的紀錄。我小心地不問起史崔蘭自己都在做些什麼。我展露出對他毫無興趣的態度，這招最後終於奏效。他開始談起自己的事情。不過由於他可悲的表達能力，他說出來的不過是自己經歷的浮光掠影，我還得靠自己的想像力來填補空白。我對這號人物深感興趣，而對他所知頂多是些蛛絲馬跡，這樣實在太誘人了。這彷彿就像閱讀一份殘缺的手稿。我接收到的印象是，他過著勉力對抗各種困境的生活；但我領悟到一件事，大部分人無法忍受的惡劣境況，對他來說一點影響都沒有。史崔蘭與大部分英國人最大的不同，在於他對生活的舒適與否漠不關心；一直住在破舊的房間裡也不嫌厭煩；他身邊不需要圍繞著美麗的事物。我不覺得他曾留意過，我初次造訪時，他那個房間的壁紙有多骯髒。他不想要躺在扶手椅上，坐餐桌椅他其實更自在。他吃飯胃口很好，但吃什麼他並不在乎；對他來說，那不過是他吞嚥下肚來止飢的食物；沒食物的時候他似乎不吃不喝也行。我後來知道他曾有六個月的時間，每天吃一條麵包喝一瓶牛奶過活。他是個肉慾的男人，卻對感官的事物無感。他不以窮困匱乏為苦，僅靠著精神的力量過活，的確令人感到佩服。

當他身上從倫敦帶來的那筆小錢用光後，他也不以為意。他沒賣出畫過，我也不覺得他曾努力賣畫，他於是開始找法子賺點錢。他獰笑著告訴我，他曾充當導遊帶倫敦佬去見識巴黎的夜生活；這份工作正合他那性好譏諷的脾氣，而且不知怎地，他和這座城市裡較不光彩的區域有著廣泛的交遊。他告訴我，他在瑪德蓮大道上來回好幾小時尋找英國佬，最好是喝了酒的那種，他們會想見識法律明文禁止的東西。走運的話他能賺點小錢；但最後他襤褸的衣衫終於嚇壞了觀光客，他再也找不著膽敢把自己交到他手上的人了。之後他恰巧碰上翻譯專利藥品廣告的工作，這些廣告會再傳播回英國的醫學界。某次罷工中他甚至被雇來油漆房屋。

與此同時他不曾停止磨練自己的技藝，但很快的他便厭倦了畫室，開始獨自一人作畫。他不曾窮到買不起畫布和顏料的地步，而且他其實不需要其他東西。據我的了解，他畫得很辛苦，而他又不喜歡接受別人的幫助，因此花了許多時間摸索前人早已一一解決的技巧問題。他有所目標，我不曉得他瞄準了什麼，或許他自己也不知道，我比之前更強烈地感覺到他好像著了魔似的。他看起來神志並不清明。我覺得他不願意讓人看畫，似乎是因為他其實對那些畫並不感興趣。他活在夢裡面，現實對他來說不具意義。我感覺他在畫布上全力揮灑他猛烈的個性，為了畫出他心目中所看到的景象，他忘卻了一切；完成了之後，或許他完成的不是畫，因為我覺得他甚少完成任何作品，他的激情消耗殆盡，他便變得毫不在乎。他對自己畫的從來不曾感到滿意；與縈繞他腦海的景象相較之下，那彷彿無關緊要。

「你為什麼不送自己的作品去參展？我還以為你會想知道別人的看法。」我問道。

「你會嗎？」

我難以言喻他加在這幾個字裡頭的無比輕蔑。

「你不想成名嗎？大部分的藝術家都看重這件事。」

「幼稚。要是你都不在乎個人的意見了，怎會去在乎群眾的評價？」

「並非人人都明事理的啊。」我笑了出來。

「名聲是誰創造出來的？評論家、作家、證券經紀人、女人。」

「想到有你不認識、不曾謀面的人們，從你手中畫出的作品裡接收到微妙而熱切的情感，難道你不會覺得開心嗎？所有人都喜歡握有力量。我想不到比觸動人們的靈魂，使他們感到悲憫或驚懼更美妙的力量了。」

「濫情。」

「那你為何在乎自己畫得好或不好？」

「我不在乎。我只想畫自己看到的東西。」

「我真不曉得自己能否在荒島上寫作，心裡明白除了自己的眼睛之外，不會有其他人看到我寫的東西。」

史崔蘭久久沒開口說話，但他眼裡閃著異光，彷彿見著了點燃自己靈魂、使其出神忘我的什麼東西一樣。

「有時候我曾想過在淼茫大海中的一座島嶼，我可以住在島上某座隱蔽的山谷裡，靜靜地藏身奇花異草中。我覺得自己可以在那裡找到我想要的東西。」

他其實並未確切地說出這些話來。他運用手勢而非形容詞來表達，而且說得結結巴巴。我用自己的話解讀他想說的意含。

「回頭看過去那五年的歲月，你覺得這樣值得嗎？」我問他。

他盯著我看，我曉得他不懂我的意思。我解釋道：

「你放棄了舒適的家，以及平凡但幸福的生活，經濟上堪稱富裕，而你在巴黎似乎過得很糟。假如重來一次，你還是會一樣嗎？」

「我寧願如此。」

「你知道你都還沒問到妻子和小孩的事嗎？你沒想過他們嗎？」

「沒想過。」

「真希望你沒這麼惜字如金。你絲毫不曾後悔對他們所造成的不幸嗎？」

他咧嘴一笑，搖搖頭。

「我會想你有時候是否會不禁想起過往。我不是說七、八年前的事，而是還要更早之前，當你初識妻子，愛上她，與她成親的時候。你都不記得第一次擁她入懷的喜悅了嗎？」

「我不想過去，唯一重要的是永恆的現在。」

我思索他的答覆好一會兒。這回答或許有點費解，但我覺得自己隱約懂得他的意思。

「你快樂嗎？」我問。

「快樂。」

我沉默不語。我細細地注視著他。他堅定不移地回應我的凝視，眼裡閃爍著促狹的神情。

「恐怕你也並不贊同我吧？」

「胡說。」我立即回答：「我並不會對一條巨蚺表示不贊同；相反地，我對他的精神狀態感到有趣。」

「你對我感到興趣純粹出於專業考量？」

「純粹如此。」

「你並不對我感到不贊同也只是剛好而已。畢竟你的性格可鄙。」

「或許那就是你與我相處自在的原因。」我回嘴道。

他哂笑著卻沒說話。我真希望自己能形容他的笑容。我不曉得他的笑是否迷人，但他的臉為之一亮，讓平常一向陰鬱的表情變了個樣，給了他一種不帶敵意的惡毒感。他的笑很緩慢，總是從眼角開始，有時也止於那裡；他的笑非常肉感，既不殘酷也不和氣，反而讓人聯想起半人半獸的薩堤爾那非人性的歡悅。他這一笑讓我脱口問出：

「你來到巴黎後沒談過戀愛嗎？」

「我沒時間搞那種無聊事。人生苦短，愛情與藝術不能共存。」

「你外表看起來不像個隱士。」

「那檔事讓我反感不已。」

「人性很麻煩，對吧？」我説。

「你為什麼竊笑？」

「因為我不相信你。」

「那麼你就是個要命的大傻蛋。」

我頓了一下，眼神探究著他。

「你這樣騙我有什麼好處？」我説道。

「我不懂你什麼意思。」

我笑了笑。

「讓我告訴你吧。我猜想你有好幾個月的時間不曾想起這件事，因此你能説服自己，你已經徹底斷絕了一切關係。獲得自由讓你欣喜不已，你覺得終於掌握了自己的靈魂。你樂得彷彿上了天堂。然後突然間，你再也受不了了，你發現雙腳其實一直踩在泥濘中。你想徹頭徹尾地弄髒自己。於是你找了個粗野、低俗、下流的女子，她淫亂放蕩，對性事毫不避諱，你像頭野獸般占有了她。你喝到自己被狂怒蒙蔽了心靈。」

他幾乎一動也不動地盯著我看。我瞪了回去，徐徐地說下去：

「我告訴你最奇怪的是什麼，是當一切結束時，你居然感覺到自己無比純淨。你覺得自己彷彿是脫離軀幹、沒有實體的靈魂；你似乎伸手就能觸摸到美；你的心靈能與微風、開枝散葉的樹木，以及波光瀲灩的河流親暱交流。你覺得自己彷彿就是上帝。這一切你能向我解釋嗎？」

他雙眼始終盯著我的眼睛，一直到我把話說完，這才別過眼去。他臉上浮現奇怪的神情，我想一個人若是遭刑求致死應該也是這種表情。他默不作聲。我知道我們的交談結束了。

22

我在巴黎安頓了下來，開始著手寫作一齣劇。我過著十分規律的生活，早上工作，下午不是到盧森堡公園閒逛就是在街上蹓躂。我在羅浮宮消磨掉許多時間，那裡是最好親近的美術館，也是最方便沉思的地方；或者也會在堤岸邊閒晃，翻閱我無意購買的二手書籍。我這裡讀一點、那裡讀一點，滿足於如此漫無目的地認識了許多作家的作品。傍晚時分我會去拜訪朋友。我常去找史特洛夫夫婦，有時會與他們共進便飯。德克．史特洛夫常誇耀自己燒得一手義大利好菜，我也必須承認他的義大利麵的確比他的畫作好上許多。他端來一大盤義大利麵時堪稱滿漢全席，麵裡頭滿是鮮美的番茄，我們會配著家常麵包和紅酒一起吃。我和布蘭琪．史特洛夫也慢慢變熟，我覺得那是因為我是英國人，而她認識的英國人不多，因此很開心見到我。她個性開朗而單純，卻一直不多話，我也不曉得為什麼，總覺得她給人隱瞞著什麼事情的印象。不過，我覺得那應該是她天生的矜持對比她丈夫的口無遮攔所造成的印象。德克什麼事情都不藏在心裡。再怎麼私密的事情，他都能毫無自覺地與人討論。有時候他會讓妻子感到難堪，我唯一一次看見她驚慌失色，是因為她丈夫硬要告訴我他吃了瀉藥通便，並將相關經過說得鉅細靡遺。他敍述自己慘狀的一本正經害我捧腹大笑，這點更是加深了史特洛夫太太的不快。

「你似乎喜歡讓人家看笑話。」她說。

他圓滾滾的眼睛睜得更圓了，一看到她生氣他驚慌得眉頭都皺了起來。

「親愛的，我讓你生氣了嗎？我以後不再吃瀉藥了。我是因為膽病發作才吃的。我平常過著久坐不動的生活。我運動量不夠。我三天都沒……」

「你行行好，別再說了。」她打斷他的話頭，眼眶裡泛出惱怒的淚光。

他整張臉都垮下來了，像個被責罵的小孩子一樣噘著嘴。他以求救的眼神望著我，希望我出面解圍，但我克制不住自己，笑得全身發抖。

有一天我們到畫商的店裡，史特洛夫本來以為至少能讓我看到兩、三張史崔蘭的畫，但到了後店家卻說史崔蘭自己把畫都拿走了。畫商也不曉得原因。

「不過千萬別覺得我會因此而不快。我是看在史特洛夫先生的分上才收下那些畫，也說我會盡量把畫賣出去。不過說真的——」他聳了聳肩。「我對年輕人是很有興趣，但史特洛夫先生，你瞧，我不覺得他有天分。」

「我向你保證，當今所有畫畫的人裡面，我對他的才能最有信心了。請相信我的話，你錯過了大好機會。有朝一日，那些畫會比你店裡所有的畫加起來還有價值。別忘了莫內，當初他的畫一百法郎都沒人要買。你看看它們現在的價值。」

「是沒錯。不過當時有上百位和莫內一樣傑出的畫家也都賣不出畫，現在他們的畫依然一文不值。這誰說得準呢？有才華就能獲致成功嗎？沒這回事。此外，你這位朋友有沒有才華還很難說。除了史特洛夫先生之外沒人這樣說過。」

「那麼，你要怎樣看出人的才華？」德克氣得臉都脹紅了。

「只有一個方法——那就是要出人頭地。」

「市儈！」德克怒叱。

「你想想過去的藝術大師——拉斐爾、米開朗基羅、安格爾、德拉克洛瓦——他們都很成功。」

「我們走，」史特洛夫對我說：「不然我會宰了這傢伙。」

23

我和史崔蘭偶爾會見面，也時而會跟他下棋。他這個人脾氣陰晴不定。有時候他會心不在焉靜靜坐著，對旁人視若無睹；心情好的時候，他會吞吞吐吐地說話。他不會說機伶的話，但偶爾會冷酷地挖苦，而且還挺有用的，他心裡想什麼總是照實說出來。他對別人的感情漠不關心，傷到他們時還會覺得好笑。他時常深深傷害德克・史特洛夫的感情，惹得他憤而離去，誓言再也不同他說話；但史崔蘭這個人有股扎實的氣勢，使那個肥胖的荷蘭佬不由自主地深受吸引，因此他還是像頭可憐的狗般搖尾乞憐地回來，雖然他清楚明白對方會以自己最懼怕的抨擊來迎接他。

我不曉得史崔蘭為何肯忍受我。我們之間的關係很獨特。有一天他要我借他五十法郎。

「我不想。」我這樣回他。

「為什麼？」

「我不會因此覺得開心。」

「你知道嗎？我手頭緊得很。」

「我才不管。」

「就算我餓肚子你也不管？」

「我幹麼要管？」我這樣回問。

他盯著我看了一、兩分鐘，一邊捻著他那滿嘴亂鬍。我對著他微笑。

「你是覺得什麼好笑？」他說道，眼裡閃過一抹怒意。

「你真的好單純。你不認為自己有任何責任義務，也沒有人對你有任何責任義務。」

「要是我因為付不出房租被趕出去然後上吊自殺，你難道都不會感到不安？」

「一點都不會。」

他笑了出來。

「你在吹牛。我真的那樣的話，你一定會懊悔不已。」

「試試看再說啊。」我這樣回嘴。

他眼裡閃著一絲笑意，默默攪拌著他的苦艾酒。

「你想下棋嗎？」我問他。

「我沒意見。」

我們搬出棋子來，棋盤擺好時他的眼神泰然。看著對手準備好對戰令人感到心滿意足。

「你當真覺得我會借你錢？」我問道。
「我看不出來你有什麼理由不借。」
「你真是令我感到意外。」
「怎麼說？」
「發現你在心底其實是個感情用事的人，真是教人失望。要是你沒那麼天真地想要訴諸我的同情，我還會比較喜歡你。」
「要是你當真被打動了，我會瞧不起你。」他答道。
「這樣好多了。」我笑著說。
我們開始下棋，兩人都專心投入棋局。結束時我對他說：
「聽我說，假如你真的缺錢，讓我瞧瞧你的畫吧。有我中意的，我就買下來。」
「你去死吧。」他這樣回答。
他起身準備離去。我攔住他。
「你還沒付苦艾酒的錢。」我微微笑道。
他咒罵我，扔下錢後離去。
那之後我好幾天沒見到他，但有天傍晚我人坐在咖啡廳裡讀報紙，他走過來坐在我身旁。

「你居然還沒去上吊。」我發表了評論。

「沒。我接到有人委託作畫。我以兩百法郎的代價替一名退休的配管工畫肖像。」[9]

「你怎麼接到委託的？」

「我買麵包的地方有個女人推薦我。他跟她說自己在找人幫他畫肖像。我還得給她二十法郎。」

「他是什麼樣子的人？」

「棒極了。他有張羊腿般的大紅臉，右臉頰上有顆長著長毛的大凸痣。」

史崔蘭的興致很好，德克．史特洛夫過來和我們一起坐時，他毫不留情地揶揄他。他展現了我沒想過他擁有的本領，專攻那位倒楣的荷蘭人最敏感的弱點。史崔蘭採取的並非尖刺的譏諷，而是當頭棒喝的抨擊。這股攻勢來得突然，被打個措手不及的史特洛夫毫無招架之力。他教人想起受到驚嚇、沒頭沒腦四處亂竄的綿羊。他又驚又惶。最後眼眶流出淚水。最糟糕的一點是，雖然你會討厭史崔蘭，眼前的景象也教人不忍，但你卻很難不發笑。德克．史特洛夫這傢伙比較倒楣，他的真心真意讓人覺得荒謬。

9 這幅畫之前在里爾一名富有的廠商手上，他在德國人進逼時逃離那座城市，畫如今則在斯德哥爾摩的國家美術館裡。瑞典人對混水摸魚這種消遣行為堪稱熟練。

不過後來當我回顧那年冬天在巴黎的時光，我最愉快的回憶就是德克．史特洛夫這個人。他那小巧的家庭有種魅力。他與妻子兩人宛如一幅想像中的理想畫面，他對她單純的愛也有種從容的優雅。他依然荒唐可笑，但他熱情的真摯會激起別人的共鳴。我可以理解他妻子對他所懷抱的感情，我也很開心她是如此柔情款款。假如她有那麼一丁點兒幽默感，她一定會覺得他將她供在台子上當成偶像崇拜很可笑，但就算她真的笑了出來，她一定也深深覺得開心而感動。他是忠誠的情人，雖然她年歲漸大，渾圓的線條及美麗的容貌不再，在他眼裡她始終不變。對他來說，她永遠都會是全世界最可愛的女人。他們生活的規律有種討喜的優雅。他們家只有畫室、臥房和一間小廚房。所有家事都是由史特洛夫夫人自己親手做；德克在繪製他拙劣的畫作時，她會出門購物、料理午餐、縫縫補補，整天像隻螞蟻一樣忙個不停；傍晚她會坐在畫室裡，繼續縫她的東西，而德克彈著我相信遠遠超出她理解能力的音樂。他的演奏很有品味，不過投入的情感有點過剩，他在自己的音樂中注入他整個人率直誠實、感情用事、充沛飽滿的靈魂。

他們的生活自成一格地幸福恬靜，也有種獨特的美感。德克．史特洛夫身邊一切的荒謬感賦予其一股奇妙的韻味，就像是懸而未決的不和諧音調，同時卻也因此顯得更為摩登、更有人性；有如在嚴肅的場景中突然插入下流的笑話，更加彰顯一切美麗事物所擁有的尖銳。

24

耶誕節前不久，德克．史特洛夫前來邀我一同共度佳節。他對這個日子特有感觸，希望能慎重其事地與朋友一起度過。我們倆都已經兩、三個星期沒見過史崔蘭了——我是因為忙著陪伴來訪巴黎的友人，史特洛夫則是因為這次和他爭吵得比以往激烈，下定決心不再與他扯上關係。史崔蘭這個人不可理喻，他發誓再也不同他講話。但這節日讓他心又軟了下來，他也不忍想到史崔蘭要獨自一人度過耶誕節；他將自己的情懷投射到他身上，他無法忍受在這樣一個親友相聚的場合，孤獨的畫家居然落得一個人悶悶不樂。史特洛夫在畫室裡架起一棵耶誕樹，我猜我們會發現在那喜慶的枝頭上掛滿了可笑的小禮物；不過他不好意思再和史崔蘭見面；如此輕易便原諒那麼過分的侮辱有點丟臉，他下定決心要進行大和解，而他希望我在場。

我們一起走向克利希大道，不過史崔蘭人不在咖啡廳裡。天氣太冷不適合坐在戶外，我們便挑了室內的皮革椅入座。裡頭很悶熱，空氣一片灰濛濛的菸霧。史崔蘭沒來，但我們不久便看到偶爾和他對弈的那名法國畫家。我和他算得上認識，他來到我們的座位坐下。史特洛夫問他是否見到了史崔蘭。

「他病倒了，你們不曉得嗎？」他說。

「嚴重嗎？」

「我知道的狀況很嚴重。」

史特洛夫面色轉為慘白。

「他為什麼不寫信告訴我？都是我笨才會跟他吵架。我們一定得馬上去找他。沒人可以照顧他。他住哪裡？」

「我不曉得。」法國佬說。

我們發現我們居然沒人曉得怎樣找他。史特洛夫變得愈來愈惱慄。

「他說不定會沒命，而且無人聞問。這樣太慘了。我光想便無法承受。我們一定得馬上找到他。」

我試圖讓史特洛夫了解，想在偌大的巴黎漫無目的找人荒謬不可行。我們一定得先擬定計畫。

「是沒錯，但這段期間他說不定快斷氣了，等我們找到人可能早已回天乏術。」

「你好好坐著，讓我們想一想。」我不耐煩說道。

我唯一曉得的地址是比利時旅館，但史崔蘭老早便已離開那裡，而且他們也不會記得他這個人。他又有不喜歡透露下落的古怪習慣，離開時不可能會說要去哪裡。此外，那也已經是五年前的事了。我很確定他沒搬得太遠。假如他還是常去住旅館時光顧的咖啡館，很可能是出自地緣的關係。我忽然想起他從自己買麵包的師傅那兒得到幫人畫肖像的委託，靈機一動說不定可以和他們打聽到住址。我要他們拿來黃頁，搜尋上頭列出的麵包店。那附近一帶有五間麵包店，我們只得一一造訪。史特洛夫心不甘情不願地陪同我去。他自己打的算盤是跑遍克利希大道周遭每條大街，敲門問每戶人家史崔蘭是否住在那兒。我那平凡的計畫終究還是奏效，在我們造訪的第二家店，櫃檯後的婦人便表示認得他。她不敢肯定他住哪裡，但就在對面那三間房子其中一間。我們運氣很好，才試了第一間，管理員便說在頂樓可以找到他。

「他好像生病了。」史特洛夫說。

「可能吧。事實上，我已經好幾天沒見著他了。」管理員漠不關心地回答。

史特洛夫衝在我前頭跑上樓去，我爬到頂樓時看見他正和一名衣著隨便的工人講話，他是應史特洛夫敲門來開門的。他指向了另一扇門。他記得住那間的人是一名畫家。他一整個星期沒見到他人了。史特洛夫伸出手就要敲門，頓時卻無助地轉身向著我。我看見他驚慌的神情。

「要是他死了呢？」

「不會的。」我說。

我敲了門。沒有回應。我轉動門把，發現門沒鎖。我走了進去，史特洛夫跟在我後面。房間裡一片漆黑。我只能約略看出這是一間有著斜屋頂的閣樓房；天窗灑下一道微弱的光線，只比朦朧黝暗好了一些。

「史崔蘭。」我出聲呼喚。

沒有回應。氣氛真的有點詭譎，我似乎感覺到就站在我身後的史特洛夫，雙腿不住發抖。有那麼一瞬間我遲疑著是否要點燈。我模糊地瞥見牆角有一張床，不曉得點燈後是否會照亮上頭躺著一具死屍。

「傻瓜，你沒火柴嗎？」

史崔蘭粗啞的聲音從暗地裡冒出來，嚇了我一跳。

史特洛夫高聲喊叫。

「噢，我的老天爺啊，我還以為你死了。」

我擦了根火柴，環顧四周尋找蠟燭。匆匆一瞥我看到這間公寓極小，一半是房間、一半是畫室，裡頭只有一張床、面對牆壁的畫布、一座畫架、一張桌子，還有一把椅子。地板上沒毯子。沒有火爐。桌上成堆的顏料、調色刀和各種雜物裡，有一段蠟燭的尾巴。我點燃了它。史崔蘭躺在床上，看起來很不舒服，因為床對他來說太小了，他將所有衣服都裹在身上取暖。一眼便能看出他發了高燒。史特洛夫情不自抑地啞著嗓子走向他去。

「噢，我可憐的朋友，你是怎麼了？我都不曉得你病了。你為何不讓我曉得？你一定要知道，我願意為你做任何事。你還在想我說的那些話嗎？我不是真的有那個意思。我錯了。我是傻了才會發脾氣。」

「去死啦。」史崔蘭這樣說。

「好啦，你講理點。我幫你打理一下。你都沒有人照顧嗎？」

他皺起眉頭環顧那髒亂的閣樓，努力想幫他整理被褥。史崔蘭吃力呼著氣，憤憤地不發一語。他忿恚地瞟了我一眼。我就靜靜站著那兒看著他。

「你若真的想幫我忙，去幫我買些牛奶，我已經兩天無法出門了。」他終於說道。床邊有個裝牛奶的空瓶子，還有張散落零星麵包屑的報紙。

「你都吃了些什麼東西？」我問。

「什麼都沒有。」

「這樣多久了？你是說你已經整整兩天沒吃沒喝？這樣太糟了。」史特洛夫高聲道。

「我喝了水。」

他眼神在伸手可及的一個大罐子上稍事停留。

「我馬上去，你有特別想要什麼嗎？」史特洛夫說。

我建議他找個溫度計，另外拿些葡萄和麵包回來。史特洛夫很開心能幫上忙，一路啪嗒跑下樓梯。

「該死的笨蛋。」史崔蘭喃喃說著。

我把了一下他的脈搏，跳得很快卻虛弱。我問了他一、兩個問題，但他沒回應，我繼續追問下去時他不悅地轉頭面向牆壁。我唯一能做的就只有安靜等著。不到十分鐘，史特洛夫氣喘吁吁地回來了。除了我建議的東西之外，他還帶回蠟燭、肉湯，以及酒精燈。他人雖短小卻很能幹，二話不說便張羅起麵包和牛奶來。我量了史崔蘭的體溫，一百零四度。他顯然病得很重。

25

我們不久便離開他。德克要回家用晚餐，我則提議去找醫生，帶他去看史崔蘭；不過我們才剛離開窒悶的閣樓走到街上，荷蘭人便央求我直接跟他回畫室。他腦子裡盤算著什麼卻不肯告訴我，但他堅持一定要我陪他。由於我不認為醫生現在能比我們有用，我便同意了。我們看到布蘭琪．史特洛夫正在擺桌準備晚餐。德克走向她，牽起她雙手。

「親愛的，我希望你能幫我個忙。」他說。

她一本正經地微笑看著他，這正是她的魅力之一。他緋紅的臉龐流滿汗水發著亮光，心慌意亂的神情看來好笑，但在他那驚詫的圓眼中閃著熱切的光芒。

「史崔蘭生重病。他可能會死。他一個人住在骯髒的閣樓裡，沒有人照顧他。我希望你讓我帶他回家。」

她馬上縮回自己的手，我從沒看過她如此迅速的動作；她臉頰脹紅。

「噢，不。」

「我親愛的，別拒絕我。我無法忍受丟著他自己一個人。心裡惦念著他我就無法閉眼睡覺。」

「我不反對你照顧他。」

她的聲音冷淡而疏離。

「可是這樣他會沒命。」

「隨他去吧。」

聞言史特洛夫倒抽一口冷氣，他擦了一下自己的臉，轉向我尋求支援，但我不曉得該說些什麼。

「他是很棒的藝術家。」

「那干我什麼事？我討厭他。」

「噢，吾愛，寶貝兒，你不是真的那個意思。我求你讓我帶他回來。我們可以讓他好好養病。或許我們可以救他一命。他不會替你添麻煩，我會負責一切。我們可以在畫室擺張床。我們不能讓他像落水狗般沒命。那樣太不人道。」

「他為什麼不能送醫院？」

「醫院！他需要愛心的關懷。他必須接受無微不至的照料。」

她大受撼動令我感到意外。她繼續擺設餐桌，但她的手在顫抖。

「我受不了你了。你覺得假如是你病倒了，他會有任何想幫你的意思嗎？」

「但那有什麼關係呢？我有你照顧啊。沒那個必要。除此之外，我的狀況也不一樣，我並不重要。」

「你簡直比雜種狗還沒志氣。你根本自己趴在地上求人家踐踏你。」

史特洛夫噗哧一笑。他以為自己懂妻子擺出這種態度的原因。

「噢，我的可憐兒，你是想到了那天他來看我的畫是吧。他不覺得我畫得好又怎樣？讓他看畫是我自己傻。我看我畫得真的不是很好。」

他抱憾環顧畫室。畫架上是一幅進行到半途的作品，畫的是一名微笑的義大利農夫，手裡拿著一串葡萄懸在黑眼珠的女孩頭上。

「就算他不喜歡，也不能沒禮貌。他不需要侮辱你。他很明顯瞧不起你，你還討好他。噢，我好討厭他。」

「小可愛，他是天才啊。你不認為我相信自己也有天分吧。我多希望我有，但我一看到就明白了，我心悅誠服。那是世界上最美妙的東西。對擁有的人來說是莫大的負擔。我們應該要容忍他，而且要很有耐心。」

我站得遠遠的，別人的家務事讓在場的我有點難堪，不曉得史特洛夫為何堅持要我跟來。我瞧見他妻子已經快被逼出眼淚。

「不過我請你讓我帶他回來，不僅因為他是天才，也因為他是個人，而且貧病交迫。」

「我不可能允許他進我家——永遠不可能。」

史特洛夫轉身面向我。

「請你告訴她這事關生死。我們不可能將他丟在那狗窩裡。」

「很顯然在這裡照顧他比較簡單，不過這當然會很不方便。我覺得必須要有人日夜看護著他。」我說。

「親愛的，你不是那種會躲避一點小麻煩的人。」

「要是他來這裡，我就走。」史特洛夫夫人激動地說。

「我都不認識你是誰了。你明明是個善良好心的人。」

「噢，拜託，你別煩我。你讓我心亂如麻。」

然後她終於迸出淚來。她癱倒椅子上，雙手遮住臉，肩膀不住抽搐。德克馬上跪在她身邊，將她擁入懷中親吻，輕喚她各種小名，自己臉頰也迅速流下兩行清淚。她沒一會兒便掙脫他，擦乾自己眼睛。

「你讓我靜一靜。」她口氣並不苛刻；然後她轉向我，努力擠出笑容說道：「真是讓你笑話了。」

史特洛夫困惑地看著她，遲疑著不知該如何是好。他額頭上的皺紋皺成一團，噘著他那紅通通的嘴唇。說來奇怪，他這樣讓我想起焦慮激動的天竺鼠。

「親愛的，那麼答案是不了？」他終於問出口。

她手厭倦地一揮。她已經累壞了。

「畫室是你的。一切都屬於你。假如你想帶他回來，我能怎麼阻止你？」

他圓臉上倏地閃過笑容。

「那麼你是答應了？我就知道你會答應的。噢，我親愛的。」

她瞬間變得冷靜，她以憔悴的眼神注視著他。她雙手捧在胸前，彷彿心跳令自己難以承受。

「噢，德克，自從我們認識以來，我從沒要求過你為我做任何事。」

「你曉得我願意為你做任何事。」

「我求你別讓史崔蘭來這裡。其他隨便什麼人都可以。小偷、酒鬼、街上隨便一位流浪漢都行，我答應你我會很樂意替他們服務，但我求你別帶史崔蘭回來。」

「可是為什麼呢？」

「我會怕他。我自己也不曉得為什麼，但他這個人就是有些地方讓我害怕。他對我們有百害而無一益。我知道的。我可以感覺到。你帶他來這裡只會有不好的結果。」

「可是這樣太不講理了！」

「不、不。我知道自己沒有錯。我們會遭遇可怕的事情。」

「就因為我們做了好事？」

這下她已經喘息心悸，臉上顯露難以解釋的恐懼。我不知道她在想什麼。我感覺她被某種無形的恐懼纏身，喪失了所有的自制力。她平常都很平靜，這會兒的激動令人稱奇。史特洛夫驚愕不解地盯著她看。

「你是我妻子，你是我在這世界上最親愛的人。你不全心全意首肯的話，沒有人可以來這裡。」

她閉起眼睛，我還以為她要昏過去了。我對她感到有點不耐煩；我沒想到她是這麼神經質的女人。一會兒後我聽見史特洛夫的聲音，突兀地劃破沉默。

「你難道不曾在苦難的當頭接受過別人伸出的援手？你知道那有多重大的意義。有機會的話難道你不想要投桃報李？」

這些話稀鬆平常，其中的激勵意味聽來幾乎令我竊笑。我很訝異布蘭琪．史特洛夫聽到後的反應。她楞了一下，然後細細看著丈夫良久。他垂下目光盯著地上。我不曉得他為何看起來不知所措。她雙頰浮現淡淡顏色，然後臉孔整個轉白——不只白，而是慘白；你感覺她整個身體的表面都無血色；甚至連手都顯蒼白。她打了個哆嗦。畫室裡的沉默彷彿有了形體，變成一種幾乎觸手可及的存在。我簡直丈二金剛摸不著頭腦。

「帶史崔蘭來吧，德克。我會盡可能照顧他。」

「我親愛的。」他微笑著說。

他想擁她入懷，她卻躲開了。

「德克，外人面前別這麼親暱，這讓我覺得很難堪。」她說。

她的態度又恢復正常，沒人瞧得出來就在片刻前她的情緒大為激動。

26

隔天我們把史崔蘭搬了過來。想說服他來需要無比堅定的態度以及更多的耐心，但他病得無力抵抗史特洛夫的乞求和我的決心。我們替他著衣，他一邊虛弱地咒罵我們，我們一邊將他抬下樓，送進計程車，最後終於來到史特洛夫的畫室。我們抵達時他已經累癱了，就這樣不吭一聲讓我們送他上床。他整整病了六個星期。他一度看似活不過接下來的幾小時，我確信都是因為荷蘭佬的不屈不撓，他這才活了下來。我沒看過比他更難搞的病人。問題不在於他要求苛刻或愛抱怨；正好相反，他從不抱怨，什麼都不要，也完全不出聲音；但他似乎憎惡人們對他的細心照顧；不管人們怎樣探問他的感受或需求，他一概以譏笑、輕蔑或咒罵相對。我覺得他令人討厭，他一脫離險境，我便毫不猶豫地這樣告訴他。

「去死吧。」他簡短地回答。

德克．史特洛夫整個放下工作不顧，溫柔體貼地照護史崔蘭。他嫻熟地讓他感到舒服，我也從沒想過他居然這麼有手段，能說服他服用醫生開的藥。他不怕任何麻煩。雖然他的收入足夠養活自己和妻子，但肯定無閒錢可花用；如今他卻一擲千金購買各種不是當令的珍饈，只為勾起史崔蘭難以捉摸的食慾。我絕對不會忘記他勸他吸收營養時高明的耐性。他從未因史崔蘭的無禮而發怒；假如他僅是慍怒，他似乎不以為意；挑釁找碴的話，他則一笑置之。史崔蘭稍微康復了點後，會藉著嘲笑他取樂，此時他會刻意做出可笑的事情激他出口嘲弄。然後他會暗自竊喜偷瞄我，讓我知道病人狀況好轉了許多。史特洛夫真是令人讚歎不已。

但最令我感到訝異的是布蘭琪。結果她擔任起護士不僅稱職，還堪稱全心付出。從她身上完全想不到，她曾經激烈反抗丈夫帶史崔蘭回畫室來。她堅持要盡到照顧病人的職責。她替他鋪床，讓他換床單時不必挪動身子。她也幫他入浴。我稱讚她的能幹，她淺淺一笑說自己曾在醫院工作一段時間。她完全看不出來有那麼痛惡史崔蘭。她不常和他說話，但他有任何需求她總是能先一步做好準備。整整兩星期的時間裡，都必須有人徹夜隨侍在側，她也和丈夫輪流看顧他。真不曉得在那漫漫暗夜中，她坐在床邊都想些什麼。躺臥在床的史崔蘭看上去很怪，身形比以前都來得瘦，臉上長滿蚪亂的紅鬍子，熾烈的雙眼瞪著虛空；他生病後眼睛似乎變得更大了，還帶著不尋常的光采。

「他夜裡曾跟你說過話嗎？」我有次這樣問她。

「不曾。」

「你還是像以前那樣討厭他嗎？」

「要說的話，更討厭了。」

她冷靜的灰色眼眸注視著我。她一臉恬靜，令人難以相信她也有我曾目睹過的激烈情緒。

「他感謝過你替他做的事情嗎？」

「不曾。」她微笑著說。

「他真冷酷。」

「他是可惡。」

當然了，她讓史特洛夫開心極了。他再怎樣也無法充分表現自己對她的感激，她全心全意奉獻投入，接下了他加在她身上的重擔。但他對布蘭琪和史崔蘭兩人之間彼此的互動，感到有些困惑。

「你知道嗎？我曾經看到他們兩人不發一語，就這麼坐在那兒好幾小時。」

有一次，當時史崔蘭身體已經好多了，再一、兩天便能起身下床，我去畫室陪他們坐坐。我和德克正在聊天。史特洛夫夫人手上在縫東西，我心想自己似乎認得她在縫補的是史崔蘭的襯衫。他躺臥著沒說話。有一回我看見他雙眼盯著布蘭琪．史特洛夫，眼神中帶著不尋常的諷刺。她感受到他的凝視，也抬起雙眼來，剎那間兩人眼神交會。我看不懂她臉上的表情。她眼神中帶著奇怪的困惑，而且還可能帶著——但這是為什麼呢？——恐慌。不一會兒史崔蘭便別過眼去，閒散地盯著天花板看，但她一直注視著他，神情難以捉摸。

沒幾天後史崔蘭開始可以起床了。他整個人瘦得只剩皮包骨，衣服掛在他身上就像稻草人披著破布。他一臉長髮虬髯，再加上他原本就突出的五官，如今因病更顯銳利，使他相貌看上去更加懾人；但怪的是，他這樣並不醜。他的不雅觀中有種偉岸的氣度。我不曉得該如何準確傳達他給我的印象。雖然肉體的屏障幾乎可以看透，可說是靈氣彰著也不盡然，因為他臉上有種張狂的肉欲；不過雖然聽起來像是無稽之談，但說也奇怪，他的肉欲似乎有種靈性。他身上帶著原始的氣息。他似乎吸收了那些被希臘人以薩堤爾（Satyr）和法翁（Faun）等半人半獸的形象擬人化，大自然中隱晦的力量。我想起了馬西亞斯（Marsyas），他膽敢挑戰神祇比試樂曲，最後遭到被剝皮的命運。史崔蘭心中似乎懷抱著奇特的音調及未知的圖形，我可以預見他苦痛絕望的下場。他遭魔鬼附體的感覺再度油然而生；但你無法肯定地說那是邪靈惡鬼，因為那是遠早於善惡之分的原始力量。

他依然虛弱地沒辦法畫畫，他就靜靜坐在畫室裡，心裡不曉得在做著什麼樣的夢，不然就是看書。他喜歡的書都很怪；有時候我會發現他在細讀馬拉美（Stéphane Mallarmé）的詩，那模樣就像小孩子在讀書，邊看嘴巴邊彷彿唸著字句，真不知道他從那些微妙的韻律和晦澀的語句中，獲得了怎樣奇異的感受；有時又發現他沉迷於加博里約（Émile

Gaboriau）的偵探小說中。我自得其樂地想著，從他選的書看來，他恰巧呈現出自己奇妙人格中互相矛盾的面向。我也注意到一個奇特的現象，即使他身體已經衰弱不已，他依然絲毫沒想到要讓自己好過些。史特洛夫喜歡舒舒服服地過生活，他的畫室裡擺了兩張襯墊厚實的扶手椅和一大張長沙發。史崔蘭決計不肯靠近那些椅子，這倒不是因為他故作克己，而是因為他不喜歡，因為有天我進畫室發現只有他自己一個人在，他也坐著一張三隻腳的凳子。他寧願選擇沒有扶手的廚房坐椅。看他這樣子常教我生氣。我從沒認識像他這樣對環境毫不在乎的人。

27

兩、三個星期過去了。有天早上，工作到了一個段落，我決定讓自己放個假，就去了趟羅浮宮。我四處遊走，欣賞熟悉的畫作，任由想像力馳騁在畫作蘊含的情緒裡。我晃進一間長型陳列室，突然發現史特洛夫也在那兒。我臉上浮起微笑，因為他圓滾滾的外表一副受驚的模樣，總是能惹人發笑，走近他身邊時我注意到他似乎鬱鬱寡歡。他看起來滿臉憂愁卻又好笑，像是全身穿戴整齊的人落入水裡，死裡逃生被救上來後依然心驚膽戰，覺得自己看上去像個傻子一樣。他一轉身盯著我看，但我發覺他沒認出我來。他眼鏡後方圓圓的藍色眼球，看來神色煩憂。

「史特洛夫。」我出了聲。

他嚇了一跳，然後露出了微笑，但笑中帶著悲傷。

「你為什麼這樣無所事事地閒晃？」我笑笑地問他。

「我很久沒來羅浮宮了。想來看看有沒有什麼新東西。」

「可是你跟我說過，這個星期得完成一幅畫。」

「史崔蘭在我的畫室作畫。」

「那又怎樣？」

「那是我提議的。他還沒恢復到可以回自己的地方去。我就想我們倆可以一起在那裡畫。拉丁區很多人都共用一間畫室。我還以為會很有趣。我一直覺得工作累了有人可以談天是件愉快的事。」

這番話他說得吞吞吐吐，每句話之間都穿插著有點尷尬的沉默，而他那和善、傻氣的眼睛一直盯著我眼睛看。他眼裡滿是淚意。

「我不懂你的意思。」我這樣說。

「史崔蘭作畫時不准別人待在畫室理。」

「該死，那是你的畫室。是他自己該檢點。」

他可憐兮兮地望著我，嘴唇不住顫抖。

「發生了什麼事？」我厲聲問道。

他遲疑不語，臉都紅了。他悶悶不樂瞟著牆上的一幅畫。

「他不讓我繼續畫畫。他要我出去。」

「可是你為什麼不叫他去死？」

「他把我趕出來了。我沒辦法跟他拚搏。他把我帽子丟了出來，然後把門上鎖。」

史崔蘭讓我火冒三丈，我也很氣自己，因為德克．史特洛夫這個人太過愚蠢，我實在很想笑。

「可是你妻子怎麼說呢？」

「她出門買東西去了。」

「他會讓她進門嗎？」

「我不曉得。」

我茫然地望著史特洛夫。他像被老師責備的學童一樣站在那兒。

「要我幫你趕走史崔蘭嗎？」我問他。

他楞了一下，油光的臉脹得通紅。

「不。你最好什麼都別做。」

他朝我點點頭後轉身離開。很顯然因為某些理由，他不想討論這件事。我真的搞不懂。

28

答案在一週後揭曉了。當時大約晚上十點鐘，我獨自一人在餐廳用餐後回到我的小公寓，正坐在起居室裡讀書時，我聽見門鈴迸出叮噹聲，於是我穿過走廊去開門。

史特洛夫站在我面前。

「我能進來嗎？」他問道。

樓梯平台上光線昏暗，我看不清他的模樣，但他的嗓音有點怪，嚇了我一跳。要不是我知道他喝酒很節制，不然我會以為他喝了不少酒。我領他進入起居室，請他坐下。

「感謝老天爺終於讓我找到你了。」他這樣說。

「怎麼了？」他憤切的語氣令我不禁愕然問道。

這會兒我終於能好好打量他。他一向把自己打理得乾淨整潔，但現在他卻衣衫不整。他突然變得很邋遢。我相信他一定喝了不少酒，我不禁微微一笑。我正想開口揶揄他這副模樣。

「我不曉得自己能上哪兒。」他迸出這麼一句。「我早些便來過了，可是你不在。」

「我很晚才用餐。」我說。

我改變看法了：他這般落魄的模樣並非酒精所造成。他的臉龐一向紅潤，如今卻出現奇怪的斑點，手也抖個不停。

「發生了什麼事嗎？」我問。

「我妻子離開我了。」

他幾乎吐不出這幾個字來。他倒抽一口冷氣，淚珠滾落他圓潤的臉頰。我不曉得該說些什麼。我腦海裡第一個浮現的念頭，是她終於受夠了他對史崔蘭的著迷，而且在後者憤世嫉俗的行為刺激之下，堅持要將他掃地出門。我曉得在她沉靜的舉止之下藏有剛烈的性情；倘若史特洛夫依然拒絕照辦，她大可拂袖而去，咒誓再也不回畫室。但眼見那小個子這麼悲苦，我實在也笑不出來。

「我的好朋友，別悶悶不樂了。她會回來的。女人氣頭上說的話你可不能當真。」

「你不懂。她愛上史崔蘭了。」

「什麼！」我大驚失色，但這念頭才剛進入我腦裡，我便看出當中的荒唐無稽。「你怎麼會這麼傻？你不會是說你在嫉妒史崔蘭吧？」我差點沒笑了出來。「你自己也很清楚她根本連見都不想見到他。」

「你不懂啦。」他呻吟著說道。

「你是個歇斯底里的傻瓜。」我有點不耐煩地說道：「我調杯威士忌加蘇打水給你，你就會好多了。」

我猜不知道為了什麼原因——天曉得人怎會這麼天才，專事折磨自己——德克的腦袋瓜裡居然開始懷疑妻子喜歡史崔蘭，而他這個人又常說錯話，他很可能惱怒了她，因此說不定為了要氣他，她故意助長他的猜疑。

「聽我說，我們一起回你畫室去。假如是你自己搞錯了，你一定得拉下臉來認錯。你妻子不像是那種會記仇的女人。」我說。

「我怎能回到畫室去？他們在那裡。我把畫室留給他們了。」他厭倦地說道。

「這樣一來就不是你妻子離開你，而是你離開妻子了。」

「老天爺行行好，別這樣跟我說話。」

我依然無法將他的話當真。我壓根兒不相信他告訴我的這件事。不過他真的很難過。

「好吧，你既然來我這兒講這件事，你最好把來龍去脈說清楚。」

「今天下午我再也受不了了。我直接跟史崔蘭說，我覺得他已經康復了，可以回自己住的地方去。畫室我想自己用。」

「這種事情只有史崔蘭需要人家點破，他怎麼說呢？」我說。

「他笑了一下；你也知道他的笑法，他笑不是因為他覺得有趣，而是因為覺得你蠢透了，他說他馬上走。他開始整理東西。你記得我從他房裡，把我覺得他需要的東西都拿來了吧，然後他向布蘭琪要了張紙，還要了條繩子來綁包裹。」

史特洛夫停了下來不住喘氣，我還以為他就要這樣昏了過去。我完全沒料到會從他口中聽到這樣的故事。

「她面色發白，但還是把紙和繩子拿來。他不發一語，邊吹口哨哼著曲調邊捆包裹。他絲毫不理會我們兩個。他眼中帶著諷刺的笑意。我心情好沉重。我好怕會有什麼事情發生，多希望我沒開口說那些話。他環顧四周找他的帽子。然後她說了：『德克，我要跟史崔蘭走了，我沒辦法再跟你在一起了。』

「我想開口，卻說不出話來。史崔蘭什麼都沒說。他繼續吹著口哨，彷彿一切與他無關。」

史特洛夫又停了下來，揩抹自己的臉。我一動也不動。這下我相信他了，我震驚不已。可是我依然無法理解。

接著他以顫抖的聲音告訴我，雙頰上淚水不住滾動，他是怎樣走到她身旁，想要摟她入懷，她卻抽開身子求他別碰她。他哀求她別離開他。他訴說自己有多熱愛她，希望她想起自己衷心的奉獻。他細數兩人共度的幸福快樂。他不氣她，也未責怪她。

「德克，求你讓我好好地走，你難道不懂我愛史崔蘭嗎？他去哪裡我就跟去哪裡。」她終於這樣說道。

「可是你必須知道，他不會讓你幸福的。為了你自己好，不要走。你根本不曉得會有什麼下場。」

「都是你的錯。是你堅持要讓他來的。」

他轉身面向史崔蘭。

「可憐可憐她吧，你不能讓她做出這麼莽撞的事。」他哀求對方。

「她自己的選擇就隨她去吧，我沒逼她跟我走。」史崔蘭說道。

「我已經做出選擇了。」她語氣平淡地說道。

史崔蘭的若無其事分外傷人，史特洛夫僅剩的自制力蕩然無存。氣極攻心之下他也沒了分寸，整個人朝史崔蘭撲上去。史崔蘭被突襲給嚇了一跳，一時間沒站穩，但他就算剛生了場大病依然十分強壯，沒一會兒史特洛夫自己也搞不清楚狀況便趴倒在地。

「你這小個兒真可笑。」史崔蘭說。

史特洛夫爬了起來。他注意到妻子一直沒動聲色，在她面前出糗更添羞辱。他的眼鏡在打鬥間掉落，他一下子找不到。她幫他撿了起來，默默遞給他。他頓時領會到自己的不幸，雖然他知道這樣只會讓自己更難堪，他還是哭了。他把臉埋入手掌裡。另外兩人不發一語看著他。他們就站在那兒不動。

「噢，親愛的，你怎麼能這樣殘忍？」他終於痛苦地說道。

「德克，我也克制不了自己啊。」她這樣回答。

「全天下沒有女人像你一樣，被我這樣的男人崇拜。假如我有任何地方惹你不高興，你為什麼不告訴我？我會改的。我為你付出了一切啊。」

她沒回應。她沉著一張臉，他看得出來自己只是在惹她厭煩。她穿上外套，戴上帽子。她轉身走向門口，眼看她就要這樣離開了，他立刻跟上去，跪倒在她面前，緊攫住她的手，他已經不顧任何自尊。

「噢，親愛的，不要走。我不能沒有你，我會尋短的。假如我做了任何惹你生氣的事情，求求你原諒我。再給我一次機會，我會更加努力給你幸福的。」

「德克，起來吧。你這樣真的難看極了。」

他搖搖晃晃地站了起來，但還是不肯讓她走。

「你要上哪兒去？」他急促地說道：「你根本不曉得史崔蘭的住處長什麼樣子。你沒辦法住那兒的，那樣真是糟透了。」

「我都不在乎的話，我不曉得你有什麼好在乎的。」

「你再等一下，我有話要說。你不能連話都不讓我說。」

「說那些有什麼用？我已經打定主意了。不管你說什麼我都不會改變心意。」

他嚥了一口氣，手護在胸前以平復那抽痛的心跳。

「我不會要求你改變心意，但我希望你聽我說一下。這是我對你最後的請求。不要連這都拒絕我。」
她停住腳步，以深思熟慮的眼神看著他，那雙眸子如今對他而言已不復以往。她回到畫室裡，身子靠著桌子。
「你想說什麼？」
史特洛夫用盡氣力讓自己鎮定。
「你至少得講點道理。你不能喝空氣過活，你知道的。史崔蘭他身無分文。」
「我知道。」
「你得忍受窮困匱乏的生活。你也知道他病為什麼拖了那麼久才好。他差點沒餓死。」
「我可以幫他賺錢。」
「怎麼賺？」
「我不曉得。我會找到法子的。」
那荷蘭人腦海中閃過可怖的畫面，不禁打了個哆嗦。
「我覺得你瘋了，真不曉得你是著了什麼魔。」
她聳聳肩膀。
「我現在可以走了吧？」
「再稍等一下。」

他疲憊地環顧自己的畫室。他熱愛這裡，是因為有她在，讓這裡變得歡快、像個家一樣。他閉上眼睛一會兒，然後他細細盯著她看，彷彿要在腦海裡拓印下她的模樣。他起身拿起帽子。

「不，我走。」

「你走？」

她呆住了。她不懂他是什麼意思。

「光是想像你住在那汙穢鄙陋的閣樓裡，我便無法忍受。畢竟這裡不只是我的家，也是你的家。你住這裡比較舒服。至少不必忍受那種艱困的生活。」

他去放錢的抽屜拿出幾張紙鈔。

「我想把一半分給你。」

他把錢放在桌上。史崔蘭和他妻子都不發一語。

然後他想起了其他事。

「你幫我把衣服收拾好，交給管理員好嗎？我明天會來取走。」他努力想擠出笑容。

「親愛的，再會。我很感激過去你曾帶給我的快樂。」

他走出去，順手關上門。在我的想像裡，此時史崔蘭將帽子扔在桌上，坐下來開始抽菸。

29

我安靜了一會兒，思索史特洛夫剛告訴我的事。我無法忍受他的軟弱，他也看出我的非難之意。「你我都明白史崔蘭是怎樣過活的，我不能讓她過著那樣的生活——我就是不行。」他顫聲說道。

「那是你自己的事。」我這樣回答。

「要是你的話會怎樣做？」他問。

「她是張著眼睛去的。要是她得忍受生活上的不便，那也是她自己得小心的事。」

「沒錯。不過，是這樣的，你並不愛她啊。」

「你還愛著她？」

「噢，猶有甚之。史崔蘭不是個能讓女人幸福的男人。那不會持久的。我想讓她知道，我永遠不會拋棄她。」

「意思是你準備要她回來？」

「毫不猶豫。噯，到時她會比以往更需要我。當她孤單一人，飽受屈辱與傷害時，要是無處可去的話有多可憐。」

他心裡似乎不懷一絲怨恨。我猜自己對他的缺乏鬥志略感憤慨也是人之常情。或許他也猜到我心裡在想些什麼，因為他接著說道：

「我不期望她像我愛她那樣愛我。我是個小丑。我並非女人會愛的那種男人。我自己一直很清楚。她就算愛上史崔蘭，我也不能怪她。」

「你真的是我認識的所有人裡頭，最不虛妄的一位。」我說。

「我愛她遠勝過愛自己。對我而言，愛情裡若摻雜了虛榮，全因你最愛的其實是自己。畢竟一個男人結了婚愛上別人，這是常有的事；他想通了後就會回到妻子身邊，她也會重新接受他，而大家也都覺得這樣再自然不過。為什麼換成女人就不能一樣？」

「我敢說這樣的確有其道理，但大部分的男人並非如此，他們沒辦法。」我笑著說。不過與史特洛夫談話的同時，我對整件事情發生之突然心生困惑。我無法想像他事先怎會毫無預感。我還記得在布蘭琪．史特洛夫眼裡看到不尋常的神色；或許那是因為她隱約察覺到，自己心裡萌生一股連自己都感到訝異而驚慌的感受。

「你在今天之前都不曾懷疑過他們兩人之間有異嗎？」我問他。

他悶不作聲好一會兒。桌上有一枝鉛筆，他不知不覺地在吸墨紙上畫了個頭。

「你不喜歡我問你問題的話，請直說無妨。」我這樣說。

「說話能讓我舒坦點。噢，你不懂我心裡折騰得多苦。」他將筆丟下。「是啊，我知道已經有兩個星期了。我還比她自己要來得早知道。」

「你究竟為何不將史崔蘭掃地出門？」

「我沒辦法相信。這看起來太不可能了。她光是見到他都受不了。不僅是不可能，這根本叫人難以置信。我還以為我只是在嫉妒。是這樣的，我一直是個愛吃醋的人，但我訓練自己不展露出來；我嫉妒她認識的每個男人，我也吃你的醋。我曉得她沒我愛她那樣愛我。這是理所當然的，可不是嗎？但她允許我愛她，那樣便足以令我感到幸福快樂。我逼自己外出好幾個小時，好讓他們兩人獨處；回來時我發現他們並不想要我在那兒——史崔蘭不會這樣，他根本不在乎我人在不在，而是布蘭琪。我去親她的時候，她身子微顫。終於確認情況時，我茫然失措；我知道自己大吵大鬧的話，只會讓他們笑我。我以為只要閉嘴不提，假裝沒看見，一切終究會好轉。我下定決心不吵不鬧，再默默把他弄走。噢，你都不知道我有多難熬！」

然後他又說了一次自己怎樣請史崔蘭離開。他謹慎地等待時機，盡量讓自己的開口請求聽起來若無其事；但他無法克制聲音的顫抖，而他感覺自己原先希望聽起來快活友善的話語，滲進了嫉妒的酸楚。他沒料到史崔蘭會一口答應，馬上準備要走；最重要的是，他沒料到妻子決定跟他一起走。我看得出來如今他真心希望自己當初閉嘴不提。他寧願承受嫉妒的酸楚，也不願面對分離的苦果。

「我好想殺了他，我讓自己變成了大傻瓜。」

他默不作聲了好久，然後開口說出我知道他腦子裡在想的事情。

「假如我耐著性子等，或許一切就沒事了。我不應該這麼沒耐心的。噢，可憐的孩子，我到底是把她逼到什麼地步了？」

我聳聳肩，沒說什麼。我並不同情布蘭琪．史特洛夫，但我曉得倘若我把對她的看法照實告訴他，可憐的德克只會難過。

他已經疲累到說話停不下來了。他又重複了當場的每一句話。一會兒突然想起他沒跟我說過的事情；一下子討論起話應該怎麼說，而不該說當時講的話；然後懊悔起自己的盲目無知。他後悔幹了這件事，也怪罪自己漏掉另外一件事。時間愈來愈晚，到最後我也同他一樣疲憊。

「你接下來要怎麼辦？」我終於這樣說道。

「我能怎麼辦？我要一直等到她呼喚我去。」

「你何不離開一陣子？」

「不，不；她需要我的時候，我一定得隨時待命。」

目前他似乎迷失了。他了無計畫。我勸他上床睡覺，但他說睡不著；他想出門到街上轉轉，直到太陽升起。他顯然不適合一個人獨處。我說服他留下來過夜，讓他睡我的床鋪。我在起居室裡有一張長沙發，睡在上頭不成問題。此時他已筋疲力盡，無力拒絕我的堅持。我讓他服用了佛羅拿鎮靜劑，足夠讓他什麼都不想好幾小時。我覺得那是我能為他效勞的最佳方式。

30

不過我替自己鋪的床著實不舒服，害得我徹夜難眠，那位不幸的荷蘭人告訴我的事情也讓我思索了好久。布蘭琪．史特洛夫的行為沒那麼讓我困惑，因為在我眼裡那不過是被肉體所吸引的結果。我不覺得她真的喜歡過自己的丈夫，我覺得愛情不過是女性對愛撫與安慰所產生的反應，而這對大多數女子來說就算是愛了。這是可以因為任何對象而激起的被動感受，一如蔓藤可以攀附於任何一種樹上；世間的智慧教女孩子在挑老公時，得選能保證以後會愛她的人，不可不謂深諳箇中奧妙。這種情感的組成元素包括對安全感的滿足、對財產的自豪、為人所欲望的快感，以及天倫之樂，而女人之所以賦予它精神層面的價值，僅出自一種好意的虛榮。這是一種對激情毫無抵抗能力的感情。我猜布蘭琪．史特洛夫對史崔蘭的強烈反感，一開始便帶著些微性吸引的成分。畢竟我有什麼資格，哪敢試圖解開性愛錯綜複雜的玄妙？或許史特洛夫的熱情雖激起、卻無法滿足她那部分的天性，而她憎惡史崔蘭，正因為她感覺到對方有能力賦予她所需要的東西。我認為她抗拒丈夫帶他回畫室的念頭是真心的；我想她是在怕他，雖然連自己也不曉得為什麼；而我想起了她如何預見災難的來臨。我覺得奇妙的是，她因為他而感覺到的驚恐，其實是她為自己所感到的恐懼，因為他莫名地令她不安。他的外表狂野而粗魯；他的眼神訴說著冷漠，嘴唇隱含著肉欲；他身形高大強壯；他給人一種熱情不羈的印象；而或許她也在他身上感覺到那種不祥的因子，常教我想起遠古時期那些野蠻的生物，當時的物體仍保有自己與土地的關連，似乎都擁有自己的靈魂。倘若他讓她心有所感，她便難以避免會愛上或憎恨他。她憎恨他。

接著我想貼身照顧那名生病的男子，讓她心底萌生奇異的感受。她托起他的頭，餵東西給他吃，頭沉甸甸地靠在她手中；餵完後，她擦拭他那肉欲的嘴唇及赤髯。她擦洗他的四肢，上頭爬滿濃密的毛髮；而她幫他擦乾雙手時，即使此時他身體虛弱，他的手依然肌肉發達而強壯。他的手指很長，而且是那種藝術家的靈巧手指，我不曉得那在她心裡激起何等不平靜的思緒。他睡得很安穩，一動也不動，看起來好像死了一樣，就像是森林裡的野獸，長途追獵後終獲歇息；她猜想，不曉得他夢中都上演什麼樣的幻象。他是否夢見仙女飛奔於希臘的森林中，身後半人半羊的牧神緊追不捨？腳步輕快而絕望的她不住奔逃，但他一步一步追趕上來，直到她頸後都能感覺他火熱的呼吸；然而她依然默默地奔逃，他默默地追趕，最後被他逮住時，她心裡一驚的是恐懼抑或狂喜？

布蘭琪·史特洛夫遭受欲望的無情擺佈。或許她依然厭惡史崔蘭，同時卻也渴望他，而至今構成她人生的一切變得無關緊要。她不再是個女人，性情難以捉摸，時而溫柔時而暴躁，體貼卻也欠缺體諒；她是追隨酒神的狂女。她就是欲望。

但或許這太過異想天開；有可能她只是厭倦了丈夫，純粹出於新鮮好奇才投入史崔蘭的懷抱。她或許對他並不懷抱特別的情感，卻因近水樓台或一時懶惰而屈服於他的願望，最後發現她陷入自己一手設下的羅網而無能為力。我怎會知道在那平靜的眉宇和冷靜的灰色眼眸背後，有著怎樣的心思和情緒？

不過面對這麼難以預料的人類時，假如沒半件事說得準，布蘭琪．史特洛夫的行為倒是有辦法解釋。另一方面來說，我一點兒都不懂史崔蘭。我想破腦子還是無法解釋，他怎會做出跟我認識的他如此矛盾的行為。他這麼冷酷無情地背叛朋友的信任並不奇怪，不顧他人痛苦、毫不猶豫地滿足一時的興致也不足為奇。他的性格就是這樣。他是個絲毫不懂感激為何物的人。他沒有同理心。我們大多數人所有的情感，在他身上並不存在，要責備他沒這些情感跟怪罪老虎兇猛殘暴一樣荒誕無稽。我不懂的是他怎會有那興致。

我無法相信史崔蘭愛上了布蘭琪．史特洛夫。我不相信他有愛人的能力。這種情感最基本的要素就是溫柔體貼，但史崔蘭不管對自己或別人都無溫柔體貼可言；愛帶著一種軟弱的意味、一種想保護對方的願望，還有想要做好事、讓人快樂的渴望——這樣若不算無私的話，也是一種隱藏得天衣無縫的自私；它包含著靦腆的成分。這些都不是我能在史崔蘭身上想到的特質。愛會讓人沉迷，它會讓愛人渾然忘我；再怎麼清楚敏銳的人，雖然可能知道，但還是無法理解自己的愛會結束；他明明知道那是幻覺，但愛賦予它實質的存在，即使知道那不過是幻覺，他依然愛它更勝過於真實。它讓一個人變得比自己原本好上一些，同時卻也差了一點。他不再是自己。他不再是一名個體，而是一個物體，一個為了達成連自己都感到陌生的目標的工具。愛當中一向不缺感情用事，而史崔蘭是我認識的人裡頭，最不受此弱點影響的人。我無法相信他會忍受自己受愛擺佈，他永遠無法忍受外來的羈絆束縛。雖然可能痛苦，可能讓自己遍體鱗傷血流如注，但若有任何東西介入自己與那股一直驅動著他的莫名渴望，我相信他有能耐將之從自己心底連根拔除。假如我有將史崔蘭給我的複雜印象，成功地傳達出一分一毫，那麼我說他這個人同時太過偉大卻也太過卑微，根本無法愛人，這樣似乎也並不過分。

不過我想每個人對激情的觀念，都取決於他個人的特質，因此人人都不一樣。像史崔蘭這樣的男人，會以自己獨特的方式去愛。想分析他的情感只是枉然。

31

第二天，縱使我力勸他留下來，史特洛夫還是離開了。我自願去畫室幫他把東西拿來，但他堅持要自己去；我想他是暗自希望他們還沒想到要收拾他的細軟，這樣他還有機會再見到妻子，或許還有機會說服她回到他身邊。不過他在門房那兒發現他的行李已經在那裡等他，管理員告訴他布蘭琪出門去了。我不認為他曾抗拒過對她傾訴自己苦難的誘惑。我發現他把這些話都說給他認識的每個人聽了；他希望獲得同情憐憫，卻只激人訕笑嘲弄。

他的舉動實在太不恰當。他知道妻子出門購物的時間，有一天他再也受不了見不到她一面，於是在街上埋伏。她不願同他說話，但他硬要跟她說。他語無倫次地道歉，為自己對她的諸多不是表達歉意；他告訴她自己全心全意愛著她，求她回到他身邊。她不肯回應，撇開臉急忙走開。我想像他肥短的腿急忙想跟上她的畫面。追趕得氣喘吁吁的他，對她說自己有多悲慘；他求她行行好可憐他；他承諾只要她肯原諒她，要他怎樣都行。他提議帶她去旅行。他說史崔蘭很快就會厭倦她。他訴說整個不堪的場面給我聽時，我憤慨不已。他那樣做既無意義也無尊嚴。他所做的一切只是讓妻子愈發瞧不起他。世間上最殘酷的莫過於女人糟蹋愛她但她不愛的男人；她毫不體貼也無寬容，只有怒不可抑的煩躁。布蘭琪．史特洛夫頓然停下腳步，用盡全力一巴掌摑丈夫耳光。她趁他楞住時脫身，快步從樓梯跑上畫室。她嘴裡從頭到尾不發一語。

他告訴我這一切時，手還撫著臉龐，彷彿依然感受到那一巴掌的刺痛，他的眼神同時流露出令人不捨的痛楚與荒唐可笑的不解。他看起來活脫像是身軀過大的學童，雖然我可憐他，卻幾乎忍不住想笑。

之後他開始流連她去購物必經的那條街，他會站在街角或對街，等著她經過。他不敢再開口跟他說話，但試圖透過圓滾滾的眼睛傳達內心的哀求。我想他一定以為看到他落魄的模樣，說不定可以觸動她。她絲毫不曾流露出看見他的模樣。她甚至沒改變出門辦事的時段，也沒改走別條路。我猜她的冷漠中想必帶著殘忍的意味。或許她從自己一手造成的折磨裡獲得快樂。我實在搞不懂她為何這樣討厭他。

我求史特洛夫行行好，要他自己想清楚點。他的垂頭喪氣直教人惱怒。

「你再這樣下去一點好處都沒有，你聰明的話就會拿棍子敲她的腦門，她也不會像現在這樣瞧不起你了。」我說。

我建議他應該回家待個一陣子。他經常談起那位於荷蘭北部的安靜小鎮，他的父母至今依然居住當地。他們不是有錢人。他父親是木匠，一家人住在水流沉滯的運河邊上，一幢乾淨整潔的老舊小紅磚房。那裡的街道寬敞而空蕩；兩百年來那個地方逐漸沒落，但當地的房子依然保有它們那個時代樸素的莊嚴。將產品運送到遙遠的印度地區的富有商賈，在這些屋子裡度過平靜而富裕的生活，即使近來日漸衰退，他們依然維持著昔日榮光的意境。沿著運河閒逛，可以看到廣闊的綠色原野，上頭點綴著風車，黑白相間的牛群慵懶地吃草。我以為在那樣的環境裡，他會想起兒時回憶，德克・史特洛夫會因而忘卻自己的不快樂。但他不肯去。

「她需要我的時候我得在這裡才行，」他再說了一遍。「要是發生了什麼糟糕的事而我人不在，那就慘了。」

「你覺得會發生什麼事？」我問道。

「我不曉得，但我會怕。」

我聳了聳肩膀。

儘管德克・史特洛夫悲痛欲絕，但他依然是個可笑的傢伙。他若是變得瘦弱憔悴，或許還會引起他人同情，但他偏沒這樣。他還是胖嘟嘟的一個，圓滾滾的緋紅臉頰亮澄澄得有如熟透的蘋果。他喜歡把自己打理得乾淨整齊，繼續穿著他那件漂亮的黑色外套，頭戴看上去總是小了點的圓頂禮帽，打扮依然整潔抖擻。他的肚子愈來愈大，憂傷絲毫無法減損幾分，甚至比以前看起來更像是發達的生意人。一個人的外表和靈魂如此不相稱確是罕事。德克．史特洛夫有羅密歐的熱情，卻裝在托比．貝爾契爵士（Sir Toby Belch）的軀體裡。他的天性溫和寬大，卻又總是莽莽撞撞；有欣賞美的高超眼光，卻只有創造平庸作品的能力；感情纖細敏感然而舉止粗魯。他處理別人的事情手腕老練，碰到自己的事情時卻不然。上天真的是開了個殘酷的玩笑，將這麼多矛盾對立的元素扔在一起，教他獨自面對這宇宙令人困惑的冷血無情。

32

我好幾個星期沒再見到史崔蘭。我對他反感至極，有機會的話，我很樂意這樣當面告訴他，卻也想不到特地將他找出來這樣做有什麼意義。我對任何義憤填膺的舉止都感到有點遲疑；這當中總是帶著點自我陶醉的成分，任何有幽默感的人都會感到難為情。我除非熱血衝心，不然很難不怕丟臉硬起心腸。史崔蘭這個人真誠得令人難堪，因此我小心翼翼不擺出任何裝模作樣的姿態。

不過有天傍晚，我路過史崔蘭常去、而我如今避而遠之的克利希大道，一頭撞見了他。他身旁伴著布蘭琪．史特洛夫，兩人正要去他最喜歡的角落。

「你是跑到什麼鬼地方去了？我還以為你不在了。」他這樣說道。他熱情的態度證明了他曉得我並不想與他說話。他不是值得你浪費時間以禮相待的人。

「沒啊，我一直都沒離開。」我說。

「那你怎麼都沒來這裡？」

「巴黎可以打發一小時時間的咖啡館不只這麼一間。」

此時布蘭琪伸出手來道晚安。我不曉得自己為何期待看見她有所轉變；她身上還是穿著平常的那套灰色衣裳，素雅且合宜，而她的眉宇之間依然坦率，眼中也未帶煩擾的神色，一如往常看見她在丈夫畫室裡操忙著家務的模樣。

「來跟我下盤棋吧。」史崔蘭這樣說。

我也不曉得當下為何想不出拒絕的託辭。我悶著頭跟在他們身後，走向史崔蘭常坐的那張桌子，他要來了棋盤和棋子。他們兩人一副理所當然的模樣，我覺得自己若是唱反調就更顯得荒謬。史特洛夫太太觀棋時的表情高深莫測。她不發一語，但她一向安靜。我觀察她的嘴唇，想找出她心裡做何感想的蛛絲馬跡；我觀察她的眼眸，想從中探出些微洩漏心境的閃爍，一點驚慌或愁苦的意味；還細查她的眉頭，審視是否掠過一絲訴說心情的皺紋。她的臉是一張不動聲色的面具。她雙手垂放膝上不動，一手輕輕握住另外一手。從我聽到的內容來判斷，我得知她是性情激烈的女子；她對全心全意鍾愛她的德克所造成的深痛打擊，顯露她暴躁的脾氣及駭人的殘酷。她遺棄了丈夫提供的安全庇護，以及安穩舒適的生活，投向她自己也必然清楚的險境中。這顯示她渴望冒險，準備好過著勉強餬口的生活，以她往常照顧家庭的細心，與她對巧手打理家務的愛好看來，實在頗令人感到意外。她一定是個性格複雜的女子，與她溫婉的外表對比之下，差距不可不謂驚人。

這次相會讓我心情激盪，我努力專心於棋局的同時，腦子裡的遐想也忙個不休。我總是用盡全力想打倒史崔蘭，因為他鄙視被自己所擊潰的對手；他獲勝時的興高采烈，更是讓輸家難以承受。另一方面來說，他要是輸了，他全然心悅誠服地認輸。他獲勝時的風度不佳，輸的時候倒很坦然。有些人認為要判斷一個人的品格，最清楚的方法就是觀察他下棋的態度，那麼就這一點或許可以得到微妙的推論。

下完棋後我喚來侍者，付掉飲料的錢，然後便與兩人告別。這次會面沒發生特別的事。交談中也無足以深思的話語，我所有的揣測皆未獲得證實。我被激起了好奇心。我無法判定他們相處得如何。我多希望可以化為幽魂，觀察兩人私底下在畫室裡的互動，偷聽他們的談話。我絲毫未得任何一點跡象，好讓自己的想像力發揮作用。

33

兩三天後，德克·史特洛夫來找我。

「聽說你見過布蘭琪了。」他說。

「你怎麼會知道的？」

「有人看見你和他們坐在一起。你為什麼不跟我說？」

「我覺得那只會讓你難過。」

「我會在乎難過嗎？你一定知道，她不管什麼消息我都想知道。」

我等著讓他問我問題。

「她看起來怎樣？」他說。

「完全沒變。」

「她看起來快樂嗎？」

我聳聳肩。

「我怎麼會知道？我們在咖啡廳裡下棋，我沒有機會和她說上話。」

「噢，可是你從她臉上看不出來嗎？」

我搖搖頭。我只得再說一遍，她不管說話或動作都沒透露出她的感受。他自己一定比我還要了解她自持的能力。他激動地握緊雙手。

「噢，我好害怕。我知道一定會發生什麼事，會發生什麼恐怖的事，而我卻無能為力去阻擋。」

「會發生什麼樣的事？」我問。

「噢，我也不知道，我預見了慘劇的發生。」他雙手抱頭呻吟著。

史特洛夫向來容易激動，但此時他悲不自抑，沒辦法跟他講道理。我覺得布蘭琪．史特洛夫的確可能有朝一日會無法忍受再與史崔蘭繼續生活下去，但有句極為虛誑的諺語說道，自己造的因就必須擔那個果。人生的經驗顯示，人們往往不斷進行必然導致不幸的行為，但卻幸運地能躲掉自己愚行的後果。布蘭琪與史崔蘭發生爭執的時候，她只消離開他，她丈夫就會卑躬屈膝等著寬恕原諒一切。我沒那個打算準備同情她。

「你瞧，你並不愛她。」史特洛夫這樣說。

「畢竟沒有任何事情可以證明她不幸福。就我們所知，他們可能已經變成穩定而非常居家的一對了。」

史特洛夫以哀傷的眼神看著我。

「當然這對你來說無關緊要，但這對我來說非同小可。」

要是我話中顯露不耐或輕佻，我深感抱歉。

「你願意幫我個忙嗎？」史特洛夫問道。

「樂意至極。」

「幫我寫信給布蘭琪好嗎？」

「你為什麼不能自己寫？」

「我寫了又寫，我沒期望她會回信。我覺得她根本沒讀那些信。」

「你忽略了女性的好奇心。你覺得她抗拒得了嗎？」

「她可以的——因為是我。」

我馬上望向他。他垂下眼去。怪的是他的答案在我聽來甚為屈辱。他很清楚她對他無動於衷，看見他寫的信對她來說毫無作用。

「你真心相信她還有可能回到你身邊？」我問他。

「我希望讓她知道，倘若發生了最糟糕的狀況，她有我可以依靠。我希望你告訴她的就是這一點。」

我拿出一張紙。

「你究竟希望我說些什麼？」

我寫下的內容如下：

親愛的史特洛夫夫人：

德克希望讓我告訴您，倘若您隨時需要他的話，他都會很感激有機會替您效勞。過去發生的一切他都對您毫無怨念。他對您的愛依然不變。您隨時可以在以下地址找到他。

34

雖然我不如史特洛夫那般確信，史崔蘭和布蘭琪之間的關係會以災難收場，我也沒料想到會演變成那樣的悲劇。隨著夏天來到，悶熱的空氣令人窒息，就算入夜後也無一絲涼意足以撫慰疲憊的心思。曝曬在豔陽下的街道似乎將白天打在身上的熱氣全數奉還，過路人疲倦地拖著腳步蹣跚而行。我好幾個星期沒見到史崔蘭。我手上忙著其他事情，也沒再想起他的事。德克徒勞的悲嘆開始令我厭倦，我也盡量避開他。這整件事齷齪不堪，我不打算再徒生煩惱。

有天早上我正在工作。我還穿著自己的睡衣。整個人思緒飛到九霄雲外，憶起了布列塔尼陽光普照的海灘，還有海潮那清新的氣息。我身旁擱著一杯管理員拿來的法式牛奶咖啡，還有因為食慾不振沒吃完的牛角麵包。我聽見隔壁房間裡，管理員正在放掉我的洗澡水。我的門鈴叮噹作響，我請她去開門。不一會兒我聽見史特洛夫的聲音，問我是否在家。我連動也沒動，大喊要他進來。他很快進到房間裡，走到我坐著的桌邊。

「她自殺了。」他嘶啞著嗓子說。

「你這是什麼意思？」我驚呼道。

他嘴唇微微震顫，彷彿想說些什麼，卻發不出聲音來。他像傻了似地喃喃囁嚅。我的心重重地敲擊著肋骨，而我也不曉得為什麼，瞬間勃然大怒。

「老兄，行行好，你鎮定點，你究竟在說些什麼？」我說。

他雙手絕望地比畫著，嘴裡卻仍吐不出一個字。他很可能是嚇傻了。我也不曉得自己哪來的衝動，我扳著他肩膀用力搖他。現在看來，我很氣自己當時那麼失態；我猜過去幾天夜不成眠，比自己想像中更讓我神經焦慮。

「先讓我坐下來。」他終於吐出這句話。

我倒了一杯聖加爾彌爾礦泉水給他喝。我拿著杯子對著他的嘴，像餵小孩子喝水一樣。他一口氣喝下一大口水，有些都灑在他胸口襯衫上了。

「誰自殺了？」

我也不曉得為何這樣問，因為我知道他說的是誰。他很努力地維持鎮定。

「他們昨晚大吵一架。他走了。」

「她死了？」

「沒有，她被送到醫院去了。」

「那麼你究竟是在說什麼？你為什麼說她自殺了？」我不耐地大聲說道。

「別生我的氣。你這樣跟我講話，我什麼都說不出來。」

我握緊拳頭，努力遏制我的怒氣，勉強裝出笑容。

「我很抱歉。你慢慢說。不必趕，這樣就好了。」

眼鏡後方，他藍色的圓眼珠子因為驚懼顯得槁木死灰，透過他戴的放大鏡片看來扭曲變形。

「管理員早上送信上樓，發現摁門鈴沒人回應。她聽見有人呻吟的聲音。門沒鎖，她就自己進去了。布蘭琪躺在床上。看起來病得很重。桌上有一瓶草酸。」

史特洛夫把臉埋進雙手中，身子前後搖晃著不停呻吟。

「她還有意識嗎？」

「有。噢，你都不知道她有多痛苦！我受不了。我無法承受。」

他尖銳的嗓音有如悲鳴。

「天殺的，這不該是你來承受，是她自做自受。」我不耐地大喊。

「你怎麼可以這麼殘酷？」

「你做了什麼嗎？」

「他們把醫生和我找去，也跟警方說了。我塞了二十法郎給管理員，請她有事務必聯絡我。」

他頓了一會兒，我看得出來他接下來要說的話很難開口。

「我到的時候，她不肯跟我說話。她要他們把我趕走。我發誓一切都原諒她了，但她不肯聽。她還試圖用頭撞牆。醫生說我不該留下來。她一直說著：『叫他走！』我到畫室裡去等著。救護車來了後她被送上擔架，他們要我躲進廚房裡，別讓她曉得我在那兒。」

我著裝時——史特洛夫希望我能馬上跟他到醫院去——他告訴我他安排了讓妻子住單人病房，這樣至少她的隱私不會遭到侵犯。一路上他向我解釋為何希望我同行；倘若她依然拒絕見他，或許她肯見我。他求我告訴她，他依然愛她；他絕對不會責怪她任何事情，他只想幫她；他對她一無所求，康復後也不會想方設法求她回來；她完完全全是自由身。

我們抵達醫院時，見到的是一幢蕭瑟陰沉的建築物，光是看到就教人心情一沉；經過不斷在各單位中輾轉奔波，爬上無盡的樓梯，穿越空曠的長廊，我們終於找到負責的醫師，他卻說病人狀況太差，當天無法見客。穿著白袍的醫生蓄著鬍子、身形偏小，態度有點漫不經心。他顯然將病患視為病例，焦急的親屬則是必須鐵腕處置的麻煩鬼。此外，整件事對他來說稀鬆平常；不過是歇斯底里的女子與情夫吵架後仰毒罷了，這種事時常可見。一開始他以為是德克惹的禍，對他的態度過度無禮。我解釋他是寬宏大量的丈夫後，醫生突然以玩味的眼神打量著他。我似乎在他眼裡看見一絲嘲弄之意，史特洛夫的確是一副綠雲罩頂的模樣。醫生微微地聳聳肩。

「目前沒有立即的危險。」他這樣回答我們的詢問：「不曉得她服用了多少。有可能沒事，只是驚嚇一場。女性常會為愛尋短，但大致上都會小心不弄假成真。這通常只是為了引起愛人的憐憫或嚇嚇他們。」

他的語氣中帶著冷漠的輕蔑。顯然對他而言，布蘭琪．史特洛夫只是本年度巴黎市自殺未遂的統計數據中新增的案例。他很忙，沒時間跟我們耗。他說假如我們明天某個時間過去，要是布蘭琪好了些，說不定她丈夫可以見她。

35

我根本不曉得我們是怎樣撐過那天的。史特洛夫沒辦法一個人獨處，我使出渾身解數想讓他分心，也累垮了自己。我帶他去羅浮宮，他假裝在看畫，但我看得出來他的心思一直在妻子身上。我逼他吃東西，用過午餐後我勸他躺下來，但他還是睡不著。他心甘情願接受我的邀請，先在我的公寓待上幾天。我拿書給他讀，他才讀一兩頁就放下，鬱鬱寡歡地盯著一片空白發呆。傍晚時我們反覆玩著皮克牌，他為了不讓我失望，很勇敢地打起精神，努力展露出感興趣的樣子。最後我給他一杯酒，他陷入不安穩的睡夢中。

我們再去醫院時看到一名護士。她告訴我們布蘭琪看起來好了點，她進去詢問她是否願意見她丈夫。我們聽見她躺著的房裡傳出講話聲音，沒一會兒護士出來說病人拒絕接見任何人。我們跟她說過，倘若她拒絕見德克，請護士問她是否肯見我，但她也婉拒了。德克的嘴唇不住顫抖。

「我不敢逼她，她病得很重。或許一兩天後她會改變主意。」護士說道。

「她有其他想見的人嗎？」德克以低到彷彿在說悄悄話的聲音問道。

「她說她只想安靜一個人。」

德克的手不由自主動了起來，彷彿脫離了身體般奇怪地扭動。

「請你轉告她，假如她還有想見的人，我帶他來好嗎？我只要她快樂。」

護士以平靜、和藹的眼神看著他，她那雙眼見識過世上所有慘狀與痛苦，然而卻同時懷抱著對一個沒有罪惡的世界的想望，一直保持著祥和寧靜。

「她鎮定下來後我會轉告她的。」

關懷之情溢於言表的德克，央求她立刻傳達他的訊息。

「她說不定這樣就會好起來的。我求你馬上問問她。」

護士臉上帶著一抹憐憫的淺笑，回到了房裡。我們聽見她低聲說話，然後一個我認不出來的聲音給了答案：

「不。不。不。」

護士又出來了，她搖搖頭。

「剛剛說話的是她嗎？」我問。「她的聲音聽起來好奇怪。」

「她的聲帶似乎遭到酸液灼傷了。」

德克悲慟哀嚎。我要他先走，在入口處等我，我有話想對護士說。他沒問我想說什麼，不發一語走開。他似乎意志力喪失殆盡，像個聽話的孩子般順從。

「她告訴你為什麼了嗎？」我問道。

「沒。她不肯說。她只是靜靜躺著。她常一躺就是好幾小時不動。不過她總是在哭，枕頭都濕透了。她虛弱到沒力氣拿手帕，任由淚流滿面。」

我的心猛然揪住了。當下我好想殺了史崔蘭，我向護士道別時，我知道自己的聲音是顫抖的。

我發現德克在樓梯上等我。他視若無睹，也沒發現我在他身邊，我只好伸手觸碰他臂膀。兩人默不作聲並肩前行。我在腦海裡想像到底是發生了什麼事，逼得那個可憐兒採取了那樣的下下策。我猜史崔蘭知道發生了什麼事，因為警方一定有人去找他，他也一定有做筆錄。我不曉得他人在哪兒。我想他應該是回去了他當成畫室的破閣樓。怪的是她並不想見他。或許她不要我們把他找來，是因為她曉得他會拒絕前來。我不禁猜想她究竟目睹了何等殘酷的深淵，才會悚慄得喪盡求生的意念。

36

接下來那一週真是糟透了。史特洛夫每天上醫院兩次探問妻子，但她依然不肯見他；一開始他變得比較安心，也懷抱著希望，因為他們告訴他，她似乎正在逐漸好轉，後來卻陷入了絕望，因為發生了醫生害怕的併發症，康復已經是不可能了。護士很同情他的悲痛，但她也沒什麼足以安慰他的話可說。那可憐的女人只是靜靜躺著，拒絕開口說話，眼神絕決，彷彿在守望死期來臨。如今只剩下時間的問題了；有天很晚了，史特洛夫來找我，我心裡曉得他是來報她的死訊。他整個人累垮了。健談如他終於也變得無話可說，疲累地癱陷在我的沙發上。我覺得沒有任何哀悼之詞足以撫慰他，就讓他靜靜地躺在那兒。我怕自己拿起書來讀的話，他會覺得我冷酷無情，於是我坐在窗邊抽著菸斗，直到他動了開口講話的念頭。

「你一直對我很好，大家人都很好。」他最後說道。

「你在胡說些什麼。」我有點發窘。

「在醫院裡他們說我可以留下來等。他們拿了張椅子給我，我就坐在門外。她失去意識時，他們說我可以進去。她的嘴和下巴都被酸蝕灼傷。眼見她漂亮的皮膚全都是傷，教人難受極了。她走得很安詳，所以要是護士沒跟我說，我根本不曉得她死了。」

他累得哭不出來。他癱軟地躺著，彷彿四肢全然失去力氣，沒多久我就看到他睡著了。這是他一週來第一次自然入睡。大自然有時殘酷，有時慈悲。我幫他蓋上被子，關上燈。早上我醒來時他還在睡。他一動也沒動過，金邊眼鏡還掛在鼻頭上。

37

布蘭琪．史特洛夫死亡的情況導致後續衍生各種煩人的手續，但最後我們終於獲得允許將她安葬。只有我和德克跟著靈車到墓地去。我們以步行的速度前去，回來的路上卻快步疾走，靈車駕駛揮鞭策馬的模樣，在我看來令人毛骨悚然。彷彿聳個肩就想擺脫死者。我不時會看見前方左右搖擺的靈車，還有我們的車夫催促著兩匹馬前進，不讓我們落在後頭。我自己也覺得有股想把一切付諸腦後的衝動。我開始對這場其實與自身無關的悲劇感到厭煩，還裝作自己說話是為了讓史特洛夫別想太多，轉到其他話題上時我鬆了一口氣。

「你不覺得你應該離開一陣子嗎？你現在待在巴黎也沒意思了。」我說。

他沒回話，不過我毫不留情繼續說下去：

「你做好未來的打算了嗎？」

「沒有。」

「你必須努力重振旗鼓。你何不去義大利，在那裡開始工作？」

他還是沒回應，不過此時我們這輛車的車夫助我一臂之力。他把車的速度放慢下來，探身跟我們說話。我聽不清楚他在說什麼，於是把頭探出窗外。他想知道我們要在哪裡下車，我要他先等一下。

「你最好跟我一起共進午餐，我會叫他在畢嘉樂廣場讓我們下車。」我這樣對德克說。

「我想還是不要。我想去畫室。」

我遲疑了一下。

「要我跟你一起去嗎？」我開口問道。

「不了，我想要自己一個人。」

「好吧。」

我跟車夫指了路，一行人又沉默地前進。德克自從布蘭琪被送進醫院那個該死的早晨後就沒進過畫室。我很高興他不要我陪他，在門前與他告別後，我如釋重負地走開。我對巴黎的街道重燃興趣，眼睛帶著笑意看著人們熙來攘往。天氣很晴朗，我感覺自己對生命多了一分更深刻的喜悅。我也無可奈何；我將史特洛夫和他的憂愁拋諸腦後。我要享樂。

38

我將近一個星期沒再看見他。然後有天晚上七點剛過他就來接我，帶我出去吃晚餐。他穿著一身隆重的喪服，圓頂禮帽上繫著粗條的黑帶。他連手帕都鑲了黑邊。他服喪的裝束顯露他在一場災難慘劇裡失去他在這世上所有的親人，就連差了兩輩的姻親都沒了。他圓滾滾的身材和胖胖的紅臉頰，和他服喪的模樣著實不協調。他最沉痛的不幸看上去居然有點滑稽，這一點實在很殘酷。

他告訴我他已經下定決心要離開，不過並非像我建議的一樣要去義大利，而是要去荷蘭。

「我明天就要動身了。這或許是我倆最後一次見面。」

我發出恰如其分的抗議，他只微弱地笑了笑。

「我已經五年沒回家了。我以為已經將它給全忘了，我好像離我父親的房子已經好遠好遠，居然會近鄉情怯，但如今卻覺得那裡是我唯一的庇護所。」

他遍體鱗傷，於是想起了母愛的溫柔懷抱。多年來他所承受的訕笑奚落如今似乎將他壓垮了，布蘭琪的背叛有如最後一根稻草，奪走他一直以來笑臉以對的韌性。他再也無法陪著笑臉面對嘲笑他的人。他舉目無親。他告訴我他在那間整潔的磚房裡度過的童年時光，還有他母親有條不紊的潔癖。她的廚房見證了光可鑑人的奇蹟。所有東西井然有序，處處一塵不染。清潔於她而言，的確是一種癖。我在腦海裡看到的是一名整齊的嬌小老婦，雙頰有如兩顆紅蘋果，年復一年從早到晚忙個不停，致力讓自己的房子維持整齊漂亮。他父親是一位清瘦的老人，雙手因為經年操勞而變得骨節嶙峋，為人正直而寡言；晚上他會大聲朗讀報紙，妻女（如今嫁給一艘漁船的船長）則時刻不怠惰，埋頭縫製衣物。那座小城裡不曾發生過任何新鮮事，有如被文明的進步拋在腦後，年復一年直到死神有如朋友來訪般，讓那些勤勉勞動的人們終獲歇息。

「我父親希望我和他一樣成為木匠。我們家族五代父子相傳都幹同一行。或許不東張西望、照父親走過的路走，這就是人生的智慧。我還是個小男孩時，我說過自己想娶隔壁做馬具的人家的女兒。她是個有著一雙碧眼和亞麻色馬尾的小女孩。她會把我家打理得煥然一新，我還會有個兒子繼承衣缽。」

史特洛夫輕輕喟嘆後又安靜了下來。他的思緒聚焦於曾經可能的過去，他自己一手推開的安穩人生如今令他滿心渴望。

「這世界艱難而殘酷。我們不知道為何來到這世上，也無人知曉要前往何處。我們態度必須謙卑。我們必須領會不多話的好處。我們必須毫不起眼地度過一生，才不會讓命運注意到我們的存在。讓我們追尋單純、無知人們的愛。他們的無知勝過我們所有的知識。讓我們安安靜靜，滿足於我們身處的小角落，就像他們一樣溫馴。這就是人生的智慧。」

對我來說，這是他喪志的表白，我對他的輕言放棄大感不滿，但我沒將自己的意見表達出來。

「你當初怎會想到要成為畫家？」我問他。

他聳聳肩頭。

「我剛好就是有畫畫的才能，在學校裡還得了不少獎。我那可憐的母親極度以我的天賦為豪，給了我一盒水彩當獎品。她拿我畫的素描給牧師、醫生和法官看。然後他們將我送去阿姆斯特丹爭取獎學金，而我也順利獲勝。可憐的母親，她好以我為榮，雖然要與我分離讓她傷心欲絕，但臉上還是強裝笑容，不讓我看見她的哀愁。她好開心自己兒子會成為藝術家。他們省吃儉用讓我生活不虞匱乏，我第一幅畫展出時，他們都來阿姆斯特丹看展，包括我父親、母親和姊姊。我媽看了畫都哭了。」

他溫柔的眼裡泛著水光。「如今老房子的每面牆上，都掛著一幅我裱有漂亮金框的畫。」

他一副得意洋洋的模樣。我想起他畫的那些掃興場景，千篇一律如風景畫般的農人、柏樹和橄欖樹。用俗氣的畫框裱起來掛在農家牆上，看起來一定很怪。

「那個可人兒以為她讓我變成藝術家是做了件好事，但說到底，或許當初我父親的願望成真的話，說不定還比較好，現在我就會是個老老實實的木匠了。」

「如今你已經知道藝術可以給你什麼了，你願意改變你的人生嗎？你願意放棄藝術曾帶給你的喜悅嗎？」

「全世界就數藝術最偉大。」他頓了一下後這樣回答。

他若有所思地看著我一會兒，似乎有所遲疑，然後他開口說道：

「你知道我去見過史崔蘭嗎？」

「你？」

我楞住了。我還以為他沒辦法忍受見到他。史特洛夫微弱地笑著。

「你早就知道我這個人毫無尊嚴了。」

「那是什麼意思？」

他跟我說了一個不可思議的故事。

39

我們讓可憐的布蘭琪入土為安後，我留下史特洛夫一個人，他沉重地走進屋裡。有股衝動驅使他回到畫室，那或許是種隱約的自虐欲望，然而他也害怕著自己所預見的痛苦景況。他拖著腳步爬上樓梯，他的腳似乎不願意前進，到了門外他佇足良久，努力想鼓起勇氣走進屋裡。他感到身體極度不適。他有股衝動想奔下樓去追我，求我陪他一起進去；他有種感覺，畫室裡彷彿有別人在。他憶起過去爬上樓梯後，他常得在樓梯間待上一、兩分鐘喘氣，這都是因為他等不及想見到布蘭琪。能見到她是他不曾厭倦的喜悅，縱使才出門不到一小時，他也興奮得彷彿兩人分離了一個月般。霎時間他不敢相信她已經死了。發生的那一切一定是一場夢，一場可怕的夢；等他轉動鑰匙打開門，就會見到她俯身靠在桌上，姿態有如夏丹《飯前禱告》[10]畫中的女子般優雅，那幅畫在他眼中一直絕妙至極。他急忙從口袋中拿出鑰匙，打開門走進去。

公寓看起來不像沒人住的樣子。他妻子之愛好整潔，正是他最喜歡的特質之一；他本

[10] 原名為*Le Benédicité*，成畫年代約一七四零年左右。

身的出身教養讓他傾心於喜好條理井然的人，當初他見到她出於本能必將物品歸於原位不可時，他心裡一股暖意油然而生。臥房看起來就像她才離開不久的樣子；梳妝台上刷子擺置妥當，梳子兩邊各擺了一支；有人將她在畫室度過最後一夜的床鋪弄得平整；而她的睡袍用小盒子收起來，擺在枕頭上。很難相信她再也不會踏入那個房間了。

不過他口渴了，他進到廚房裡喝水。這裡也秩序井然。架子上擺著她和史崔蘭爭吵當晚晚餐用的盤子，全部都細心洗得很乾淨。刀叉則收在抽屜裡。一片吃剩的乳酪用蓋子蓋著，錫盒裡則擺著一片麵包。她每天都會上市場買菜，她只買需要的東西，所以每天都不會有東西剩下來。史特洛夫從警方的訊問當中得知，史崔蘭晚餐後馬上走出屋子，而布蘭琪居然照樣把東西都洗了乾淨，讓他心中為之一凜。她的有條不紊使她的自戕更顯慎重。她的冷靜沉著令人感到害怕。他心中驀地一陣劇痛，雙膝發軟，差點沒跌倒。他回到臥室，趴倒在床上。他哭喊著她的名字。

「布蘭琪。布蘭琪。」

想到她受的苦令他無法承受。他眼前忽然浮現她站在廚房裡的模樣——廚房不過一個櫥櫃的大小——她洗刷盤子和杯子、叉子和湯匙，用磨刀板很快地磨光刀子；然後把東西都收好，刷洗水槽，把抹布掛起來晾乾——那塊灰色的破布現在還晾在那兒；然後環顧四周，確定一切都乾淨整齊。他看見她將袖子放下，脫下圍裙——圍裙就掛在門後的掛鉤上

——然後拿起那罐草酸走進臥室。

痛不可抑之下他從床上爬起來，走出房間，走進了畫室裡。裡頭一片漆黑，因為那一大扇窗戶上還拉起了窗簾，他一把將窗簾拉開；匆匆一眼看到這個過去曾經讓他那麼快樂的地方，他不禁嗚咽了一聲。這裡也絲毫都沒變過。史崔蘭對他周遭的環境漠不關心，他住在他的畫室裡也從未想過要改變任何東西。這間畫室刻意裝潢得很有藝術氣息。它代表史特洛夫心目中藝術家應該置身的環境。牆上掛著老織錦，鋼琴上蓋著一層美麗但泛舊的絲布；一邊角落裡擺著《米羅的維納斯》的複製品，另一個角落裡則是梅迪奇的維納斯像。這邊一下子是上頭擺著戴夫特陶器的義大利櫃子，那邊一下子則是一座淺浮雕。一幅維拉斯奎茲的《教宗英諾森十世像》臨摹畫用漂亮的金框裱起，那件作品是史特洛夫在羅馬時畫的，另外還有幾幅史特洛夫自己的畫作，全部都用華麗的框裱了起來，擺設方式盡量符合其裝飾的用意。史特洛夫一向以自己的品味為豪。他一直很喜歡畫室的浪漫氣氛，雖然如今見到畫室心有如被刺了一刀，但看到那張自己珍愛的路易十五時期的桌子，他也沒多想便動手調整位置。突然間他看到一幅面對牆壁的畫布。畫布尺寸比他慣用的大上許多，他心想怎麼會有幅畫在那兒。他走過去將畫拉過來看個清楚。那是張裸體畫。他的心開始狂跳，因為他馬上就猜到那是史崔蘭的畫。他生氣地把畫甩回牆上——他把畫留在那兒是什麼意思？——但他這一甩反而讓畫正面著地倒在地上。不論這是誰的畫，他都不忍心讓畫蒙塵，於是他把畫立了起來；此時他的好奇心戰勝了。他心想得好好看一眼才行，於是把畫擺在畫架上。然後他往後一站，好好地看畫。

他倒抽一口冷氣。畫中是一名女子橫臥在沙發上，一隻手臂枕在頭下，一隻擱在身體上；兩條腿一邊屈膝，另一邊則打直。這是個經典的姿勢。史特洛夫感到頭暈目眩。畫中人就是布蘭琪。悲傷、嫉妒與憤怒同時襲來，他嘶吼出來；他說不出話，緊握雙拳，朝著看不見的敵人揮去。他放聲嘶喊。他狂怒忘我。他無法承受。太過分了。他環顧四周尋找器具，想把畫劈成碎片，這幅畫應該立即消失於世上。他找不到可以用的器具，他在繪畫工具裡翻找，不知為什麼就是找不著，他幾近發狂。最後找到了一把大刮刀，他得意地大呼一聲衝過去抓了起來。刮刀在他手中彷彿一把匕首，他朝畫奔去。

史特洛夫告訴我這一切時，他和事件發生當下一樣激動，他拿起我們桌上的一把餐刀揮舞著。他抬起手臂彷彿就要揮下，然後他放開拳頭，刀子鏗鏘一聲掉在地上。他嘴角帶著微顫的笑意看著我。他不發一語。

「儘管說吧。」我說。

「我也不曉得自己怎麼了。我正打算在畫上捅個大洞，抬起手臂正要揮下去時，我頓時彷彿看清楚了一切。」

「看清楚什麼？」

「那幅畫。那是件藝術品。我不能動它一根寒毛。我會怕。」

史特洛夫又安靜了下來，他闔不攏嘴、一雙圓滾滾的藍眼珠彷彿要爆了出來，他就這樣子盯著我。

「那是一幅偉大、美妙的畫作。我為之震懾。我差點就犯下了可怕的罪行。我靠近一點好仔細欣賞，結果我腳踢到刮刀。我嚇得發抖。」

我真的感受到了他當時的情緒。那感受莫名地深刻，彷彿我驟然置身於一個價值觀變了樣的世界。我茫然若失地站在一旁，好似陌生人來到一個常人對熟悉事物的反應與他所知完全不同的地方。史特洛夫努力想對我敍述那幅畫，但他語無倫次，我必須臆測他想表達的意思。史崔蘭突破了以往綁住他的束縛。他並非如俗語所說地找到了自己，而是找到了擁有意外力量的新靈魂。並非只是作畫的大膽簡化顯現出濃烈而獨特的性格；也不只是因為畫中的軀體雖然帶著激情的肉慾，同時卻也有如不可思議的奇蹟；也不單單是讓你有如親身感受到肉體重量的扎實；而是當中有種靈性，嶄新而令人不安，引領著想像力朝意外的方向前去，你因此察覺到一些朦朧虛空的空間，只有在永恆的星辰映照下才被點亮，而赤裸裸的靈魂在其中戰戰兢兢地探索新的神祕。

倘若我聽起來太咬文嚼字，那都是因為史特洛夫也咬文嚼字。（我們可不是都曉得，人在情緒激昂的當頭，都會自然地以小說的口吻表達自己？）史特洛夫試圖表達他自己不曾有過的感受，他也不曉得該如何以一般的話語來陳述。他就好像企圖形容那不可言狀的境界的神祕主義者。不過有件事他表達得很清楚；人們常輕率地談論美，由於他們對文字沒有感覺，便隨意使用那個字彙，導致它失去了強度；這個字所代表的意義，由於和上百個微不足道的物體共用同一個名字，因此被剝奪了尊嚴。人們稱之為美的有衣服、狗、講道；當他們與真正的美面對面時卻認不出來。他們誤以強調來妝點他們實無價值的思維，導致他們的感受性變得遲鈍。就像是假造出自己偶爾能感受到的精神力的江湖郎中，他們喪失被自己濫用的力量。可是史特洛夫雖然是個無敵的丑角，卻對美有份誠實真摯的熱愛與了解，一如他誠實真摯的靈魂。美對他來說，正有如上帝對信徒的意義一樣，親眼見識到美令他感到害怕。

「你見到史崔蘭時跟他說了什麼？」

「我要他和我一起去荷蘭。」

我整個人楞住了，只能一臉嚇傻了的模樣盯著史特洛夫看。

「我們都愛布蘭琪。我母親屋子裡也有房間可以給他。我覺得和清貧簡樸的人們為伴，對他的心靈有好處。我認為他說不定可以從他們身上學到有用的東西。」

「他怎麼說呢？」

「他微微一笑。我猜他一定覺得我很傻。他說他另有打算。」

我好希望史崔蘭是用不同的遣詞用字來表示拒絕之意。

「他給了我布蘭琪的畫。」

我不曉得史崔蘭為何那樣做。不過我沒表示意見，我們就這樣沉默了一陣子。

「你的東西都怎麼處理？」最後我開口說道。

「我找了個猶太人，他給我一大筆錢買下整批東西。我要把畫都帶回家。除了畫之外，我在這個世界上什麼都沒有了，只剩下一箱衣服和幾本書。」

「我很開心你要回家了。」我說。

我覺得忘卻一切是他唯一的機會。我希望目前看似難受的悲傷會隨著時間淡去，健忘的記憶會好心地幫他重拾人生的擔子。他還算年輕，幾年過後回顧這一切苦難，他會帶著一絲悲傷，當中卻也並非全然沒有快樂的情緒。他遲早會在荷蘭找個老實的女子成親，我敢說他會過著快樂的人生。想到他至死之前將畫下的那些大量劣作，我笑了。

第二天我送他離開前往阿姆斯特丹。

40

接下來一個月，我忙著處理自己的事情，完全沒跟與這件可悲的事情相關的人見面，我的腦袋也不再惦念著這件事。不過有一天，我在外頭要走去辦事情，卻與查爾斯·史崔蘭擦身而過。看見他讓我想起我情願忘記的慘劇，內心對始作俑者油然升起一股厭惡反感。裝作不認識他未免太過幼稚，於是我頷首快步走過，但沒多久我便感覺有手搭上我肩頭。

「你時間趕得緊哪。」他熱絡地說道。

他這個人的特色就是會對他顯露不悅的人展現自己親切的一面，我打招呼時的冷淡對他來說顯然無庸置疑。

「是啊。」我簡短回答。

「我陪你一起走。」他說。

「為什麼？」

「因為想有你為伴。」

我沒回話，他靜靜地走在我身邊。我們就這樣走了可能有兩哩半。我開始覺得這有點荒謬了。最後我們路過一家文具店，我突然想到我不如進去買些紙張。這可以拿來當成甩掉他的藉口。

「我要進去裡面，再見。」我這樣說。

「我等你。」

我聳聳肩走進店裡。仔細一想，法國製的紙張並不好，而且既然沒能達成目的，我也不必勉強買下不需要的東西。我開口問了店家我明知他們沒有的東西，沒一會兒就走出店外。

「你買到你想要的東西了嗎？」他問。

「沒有。」

我們繼續默不作聲走下去，然後來到一處多條街道的交會地。我在路邊停下腳步。

「你要走哪條路？」我問他。

「跟你同一條路。」他笑著說。

「我要回家去了。」

「我跟你一起去，順便抽根菸斗。」

「你可能等人開口邀請比較好。」我冷漠地回嘴。

「有人會開口邀請的話我就等啊。」

「你看到你面前那面牆了嗎？」我指著牆說道。

「看到了。」

「那樣的話，我想你應該也看得出來我不想和你在一起。」

「我承認自己略有這種感覺。」

我不由自主噗哧笑了出來。我這個人的個性就是有這項缺點，我沒辦法徹底討厭能逗我發笑的人。不過我還是強硬了起來。

「我覺得你很可惡。你這令人作嘔的畜生，認識你算我倒楣。你何苦跟這樣討厭鄙視你的人在一起？」

「我親愛的伙伴，你怎麼會以為我在乎你對我的看法？」

「混帳透頂，」我恨恨地說道，因為我察覺到自己的動機根本不光彩。「我根本不想認識你。」

「你是怕我會帶壞你嗎？」

他的語氣讓我覺得自己好可笑。我曉得他正嘴帶著嘲笑斜眼看我。

「我猜你是缺錢了吧。」我粗魯地說道。

「我要是妄想自己有機會能從你身上借到錢，那我就是個無可救藥的大傻瓜。」

「你能這樣低聲下氣，還真的是夠落魄。」

他咧嘴而笑。

「你永遠沒辦法真的討厭我，只要我能不時給你點好玩意兒。」

我必須咬著自己嘴唇忍住不笑。他說的這番話雖令人不甘心卻也是實話，我人格中另一項缺點就是不管對方多壞，我就是喜歡和投桃報李的人為伴。我開始覺得必須很努力才能繼續憎惡史崔蘭。我承認自己秉性的軟弱，但我知道自己的非難本身已經帶有裝模作樣的意味；而我也清楚假如我感覺得到這一點，他敏銳的直覺一定也發現了。他一定正暗地裡偷偷笑著我。我沒再繼續和他辯下去，只是聳聳肩不說話躲開了。

41

我們來到我住的房子。我不願意開口請他進來，只是不發一語走上樓梯，他尾隨我進入公寓。他沒來過這裡，卻對我辛苦裝潢得美侖美奂的房間不置一顧。桌上有一罐菸草，他自己拿出菸斗來填。他坐在唯一一張沒有扶手的椅子上，就著椅腳往後仰。

「你想舒服自在點兒的話，為什麼不挑扶手椅坐？」我不悅地問道。

「你那麼關心我舒不舒服幹麼？」

「我才不關心，我只關心自己舒不舒服。看到別人坐著不舒服的椅子讓我感覺不舒服。」我反駁道。

他忍俊不住但還是沒動。他不管我便自顧自地靜靜抽著菸，看似陷入沉思。真不曉得他為什麼會來我這兒。

直到被多年的習慣磨鈍敏銳的感性，作家會對自己蠢動的本能感到不安，他居然會沉迷於人性的特異之處，甚至連自己的道德感都無力抵抗這樣的興趣。他領悟到自己對邪惡的審視懷抱著藝術家的滿足感，而這樣的審視令他有點吃驚；但他必須老實承認，他對某些行為的非難，比不上對其背後理由的好奇。一名敍述合理而完整的惡棍角色，對其創造者來說有種迷人的魔力，對法律與秩序而言卻是大不敬。我猜想莎士比亞構思伊亞戈一角時必定興致勃勃，這樣的感覺當他汲取月光想像黛絲迪摩娜時不曾有過。[11]或許作家在惡棍的角色中，滿足了深植於內心中的本能，這些本能都被文明世界的規矩與習慣壓制在潛意識的杳冥深處。賦予創造出來的角色血肉，作家讓自己體內無從表達的那一塊活了過來。他獲得的滿足是種解放感。

作家比較關心的是想知道而非想評判。

我內心裡是真的厭惡史崔蘭這個人，同時也存在著想找出其動機的冷酷好奇心。他讓我摸不著頭緒，我很想知道他如何看待自己一手造成的悲劇，而且對方還是對他那麼好的人。我乾脆單刀直入。

「史特洛夫說你為他妻子畫的那幅畫，是你歷來最棒的作品。」

史崔蘭抽出嘴裡的菸斗，他眼裡亮起了笑意。

「畫那幅畫很有趣。」

「你為什麼把畫留給他？」

「畫已經畫完了。對我來說就沒用了。」

---

11 伊亞戈（Iago）與黛絲迪摩娜（Desdemona）皆出自莎士比亞的《奧賽羅》（*Othello*）一劇。

「你知道史特洛夫差點沒把畫給毀了嗎？」

「那幅畫也沒那麼令人滿意。」

他沉默了一會兒，然後又從嘴裡抽出菸斗，咯咯笑了起來。

「你知道那個小傢伙來找過我嗎？」

「他說的話你不感動嗎？」

「沒，我覺得那真是蠢透了，感情太氾濫了。」

「我想你應該是忘了你毀掉他的人生吧？」我述說自己的感想。

他若有所思地搓著自己長滿鬍子的下巴。

「他是個很蹩腳的畫家。」

「但是個大好人。」

「也很會做菜。」史崔蘭嘲弄道。

他的麻木無情簡直不人道，我氣憤到懶得再拐彎抹角。

「我純粹出於好奇，希望你能告訴我，你對布蘭琪·史特洛夫之死可有感到一絲絲痛苦懊悔？」

我仔細觀察他臉上表情是否有所變化，但他不為所動。

「我為什麼要痛苦懊悔？」他反問。

「讓我來把事情跟你講清楚。你重病垂死，德克．史特洛夫把你接回家裡住。他像母親一樣照顧你，為你犧牲時間、享受和金錢。他將你從鬼門關救了回來。」

史崔蘭聳聳肩。

「那個可笑的小傢伙就是喜歡幫別人的忙。他的人生就是那樣。」

「就算你沒義務要感謝他，你就該不守本分搶走他的妻子嗎？直到你出現以前，他們都很幸福。你為什麼就是不能放過他們？」

「你為什麼覺得他們很幸福？」

「那顯而易見啊。」

「你還真是觀察入微呀。你覺得她有可能原諒他為她做的事嗎？」

「那是什麼意思？」

「你不曉得他為什麼娶她嗎？」

我搖搖頭。

「她原本是羅馬某位王公貴族家裡的家庭教師，那家的兒子引誘了她。她還以為對方會娶她。他們二話不說將她逐出家門。她肚子裡已懷有身孕，她想就這樣自我了斷。結果史特洛夫找到了，娶她入門。」

「那就像他會做的事。我從來沒認識過像他那麼有同情心的人。」

我時常在想，那對不相配的夫妻怎會結婚，但我從沒想過會是那個答案。那可能正是德克對妻子不尋常的愛意的來由。我的確注意到那當中有超越激情的成分。我還記得自己一直猜想，她的拘謹背後隱藏著什麼我不知道的東西，但如今我了解了，那不僅是想掩瞞不光彩的祕密而已。她的沉靜就像島嶼遭颶風侵襲後，籠罩在一片陰沉的平靜中。她的快活是種絕望的歡快。史崔蘭打斷我的思緒，他接著發表的看法，其憤世嫉俗令我嚇了一跳。

「女人可以原諒男人對她造成的傷害，但她永遠無法原諒他為了她所做的犧牲。」他說。

「那麼你一定覺得很安心，你當然不怕會惹自己接觸過的女人怨恨。」我回嘴道。

他咧嘴微微一笑。

「你總是能犧牲自己的原則來進行反駁。」他這樣回答。

「那孩子後來怎麼了？」

「喔，他們結婚三四個月後就夭折了。」

接著我提出對我而言最費解的問題。

「你能告訴我，你何苦招惹布蘭琪．史特洛夫嗎？」

他一直沒回答，我差點沒再問了一次。

「我怎麼知道？她原本連見到我都討厭。我覺得很有意思。」他終於這樣說。

「這樣啊。」

他勃然大怒。

「去他的，我就是想要她。」

不過他馬上抑制住怒氣，笑笑地看著我。

「一開始她嚇壞了。」

「你跟她說了？」

「沒必要說。她知道。我沒說過半句話。她怕得要命。最後我占有了她。」

他告訴我這一切的態度裡，有種我也不明白的東西，傳達出他慾望的熾烈。那令人不安且頗為害怕。他的生命說也奇怪，與物質的東西無緣，而他的肉體彷彿有時會對他的靈魂展開駭人的復仇。他體內半人半獸的薩提爾會突然接手，而在這種本能的掌控之下他無力抵抗，因為它具有大自然原始力量的威力。他完完全全地著了魔，靈魂裡任何可供謹慎與感激的空間蕩然無存。

「可是你為什麼要帶她走？」我問。

「我沒有，」他蹙著眉頭回答：「她說她要跟我走時，我幾乎和史特洛夫一樣驚訝。我告訴她，等我厭倦她的時候她就得走，她說她願意冒這個險。」他停頓了一下。「她的胴體很棒，我正好想畫幅裸體畫。畫完後，我就對她沒興趣了。」

「而她全心全意愛著你。」

他倏地站起來，在狹小的房間裡走來走去。

「我不想要愛情。我沒那個時間。那是種脆弱。我是個男人，有時候我會想要女人。滿足了激情後，我就準備著手其他事情了。我無法克服慾望，但我恨透這樣子；它囚禁了我的心靈，我引頸期盼有一天可以不受任何慾望宰制，了無罣礙地投入我的作品。因為女人除了愛之外別無所能，她們將愛的重要性看得太過荒唐。她們想說服我們愛便是生命的一切。愛其實微乎其微。情欲我懂。那很正常也很健康。愛則是種病。女人是讓我獲取快樂的工具；我對她們想成為伴侶、伙伴、同伴感到不耐。」

我從來沒聽過史崔蘭一次講這麼多話。他語氣帶著激動的憤慨。不過無論於此或他處，我都不敢妄想忠實重現他的遣詞用字；他的詞彙很少，也沒有完整構句的才能，你必須從他使用的感嘆詞、臉部表情、手勢和老套的詞句中，串連出他想表達的意思。

「你真該活在女性被當作財產，而男性是奴隸主子的時代才對。」我說。

「我只不過恰巧是個全然正常的男性。」

他這句話雖然說得一本正經，我卻還是忍俊不住。不過他還是像頭被關在牢籠裡的野獸般在房間裡走來走去，一邊繼續說了下去；他一心想表達自己的感受，卻難以將之有條理地訴諸文字。

「女人愛你的時候，非占有你的靈魂不可，不然不會心滿意足。正因為她的脆弱，她渴望支配一切，不達到這一點不死心。她的心思狹小，憎惡自己無法理解的抽象事物。她滿腦子都是實際的東西，她嫉妒理想的觀念。男人的靈魂遊走宇宙最邊際的疆界，她卻試圖以帳簿囚禁它。你還記得我妻子嗎？我眼看著布蘭琪也漸漸嘗試她那些把戲。她以無比的耐心，準備誘我入圈套綁住我。她想把我拉下來到跟她一樣的水準；她根本不管我怎樣，只想把我變成她的。她願意為我做任何事情，卻做不到我唯一希望的一點，就是別來煩我。」

我安靜不語了一會兒。

「你離開她時還以為她會怎麼辦？」

「她大可以回史特洛夫身邊。他很樂意接受她回去。」他不悅地說道。

「你簡直沒人性，跟你談這些，就像和天生眼盲的人形容色彩一樣，根本沒用。」我這樣回答。

他在我的座位前停了下來，由上往下俯視我的神情中，我讀到了他帶著蔑視的詫異。

「你當真在乎布蘭琪．史特洛夫的死活？」

我仔細思考他的問題，因為我想誠實地回答，至少要對得起自己的良心。

「假如她的死對我來說並未造成太大的影響，那可能是因為我缺乏同情心。她的人生本來大有可為。她被那麼殘酷地剝奪一切，我覺得很糟糕，我也對自己的不在乎感到羞愧。」

「你沒勇氣去實踐你的信念，生命毫無價值。布蘭琪．史特洛夫自殺並非因為我離開她，而是因為她是個愚蠢、精神錯亂的女人。不過我們談她已經談夠了，這個人無關緊要。來吧，我讓你看我的畫。」

他說話的樣子把我當成了需要哄騙的小孩。我很懊惱，但原因與其說是他不如說是我自己。我想起在蒙馬特舒適的畫室裡，簡樸、親切、好客的史特洛夫夫妻所過的幸福生活；命運無情，使那樣的生活分崩離析，這讓我感到好殘酷；但最殘酷的莫過於這一切事實上無關緊要。世界繼續轉動，沒有人因為那樣的悲劇而受到任何影響。我覺得像德克那樣情緒反應激動勝過感情深刻的人，應該會很快淡忘一切；而布蘭琪的人生，不論一開始有多麼光明的希望和夢想，說不定從來沒活過也好。一切似乎都無妄而空虛。

史崔蘭拿起帽子，他站在那兒看著我。

「你要來嗎？」

「你為何要與我來往？」我問他。「你明知道我厭惡且鄙視你。」

他愉快地輕聲笑著。

「你對我唯一的不滿，其實是我壓根兒不在乎你對我的看法。」

我感到氣急攻心，雙頰倏地脹紅。你沒辦法讓他理解，別人可能因為他冷酷無情的自私而發怒。我好希望刺破他那全然漠不關心的甲冑。然而我也知道，他說的話有其道理。或許吧，我們無意識中都極看重我們對別人所擁有的力量，因為他們會在乎我們對他們的看法；而那些絲毫不受影響的人，則讓我們心生厭惡。我想那應該是對人的自尊最尖刻的傷害。不過我不會讓他看見我被刺痛了。

「真的有人有辦法完全不理會其他人嗎？」我這樣說，雖然我比較像是在說給自己聽。「你必須仰賴其他人才能生存。想要靠自己、為自己而活，這樣的企圖太過荒唐。遲早你會病了、倦了、老了，到時候你就會爬回人群中。你心裡渴望別人安慰同情時，難道不會覺得羞愧嗎？你在走一條不可能的路。遲早你內心尚存的人性，會渴望起人類共有的羈絆。」

「來看我的畫吧。」

「你想過死亡這件事嗎？」

「為什麼要想？那又無關緊要。」

我盯著他看。他一動也不動地站在我面前，眼裡掛著一絲嘲諷的笑意；儘管如此，我還是在一瞬間察覺到一個熾熱而飽受折磨的靈魂，立志達成被肉體束縛的人們無法想見的偉大目標。我瞥見那對不可言狀的美的追尋。我注視著面前這個衣衫襤褸的男子，碩大的鼻子、目光如炬，滿嘴紅鬍子和一頭亂髮；我萌生一種奇特的感受，彷彿這只是個軀殼，我眼前所見的其實是出竅的靈體。

「我們去看你的畫吧。」我說。

42

我不曉得史崔蘭為何突然主動要讓我看。我何樂而不為？一個人的作品會顯露他的本質。在社交辭令中，人展露的是他希望社會接受的表面形象，你僅能從一些他不自覺的小動作，或是臉上稍縱即逝的表情裡推敲出真正的他。有時候人們臉上配戴著完美無瑕的面具，時間一久就變成了表面的那個人。但在他寫的書或畫的畫裡頭，真正的他毫無防備地一覽無遺。他的虛矯只會暴露出他的空虛。妝點成堅鐵的車床看來依然不過是車床。不管再怎麼佯裝獨特也掩飾不了平庸的心智。對敏銳的旁觀者來說，就算信手拈來的作品也都會揭露出作者靈魂最深邃的祕密。

我走上史崔蘭居住的房子那看似無窮盡的階梯，我必須承認心中有點興奮。對我來說，自己彷彿即將跨步踏進一場驚奇的冒險。我好奇地環顧房間。這裡比我記憶中來得狹小而空蕩。我真不曉得我那些朋友會怎麼說，他們一定要有寬敞的畫室，而且信誓旦旦說假如環境不合他們意，他們就無法工作。

「你最好站那裡。」他指著一個位置說道，他可能覺得自己要給我看的東西，從那裡看過來最棒。

「我想你是不希望我講話。」我說道。

「不想，該死的東西；我希望你閉嘴。」

他將一幅畫放上畫架，讓我端詳個一、兩分鐘；然後拿下來再換一幅上去。他應該給我看了三十幅左右。這是他六年來畫畫的成果。他從沒賣出過一幅畫。畫布的大小不一，比較小的是靜物寫生，最大的是風景畫。肖像畫則大約有五、六張。

「都在這裡了。」他終於這樣說。

我希望自己能說我一眼看出它們的美和卓越的原創性。如今我再度看過其中許多幅畫，其他的也透過複製品變得熟悉，我訝異自己當初第一眼居然覺得失望透頂。我沒感受到藝術品給人的那種興奮感動。史崔蘭的畫賦予我一種令人不安的印象；這一點至今依然如此，總是令我懊悔不已，當初怎會沒想到要買下其中任何一幅。我錯失了大好良機。其中大多數進了美術館，其他的則成為富有愛好者的珍貴收藏。我很努力替自己找藉口。我想自己的品味還不錯，但我清楚自己缺乏原創性。我對繪畫所知甚少，而且習於遵循前人闢出的道路。當時我最喜愛的是印象派畫家。我盼望能擁有一幅希斯里（Alfred Sisley）和竇加（Edgar Degas）的畫，馬奈更是我崇拜的對象。他的《奧林匹亞》（*Olympia*）對我來說是現代最傑出的畫作，《草地上的午餐》（*Le déjeuner sur l'herbe*）也令我深受感動。這些作品對我來說，就是繪畫史上的顛峰。

我不會在此形容史崔蘭給我看的畫。畫作的形容聽起來總是無趣，況且這些對於感興趣的人來說早已熟悉不過。如今他的畫已深刻影響現代繪畫，當初他身先士卒探險的國度也已被他人問津而至，就算是第一次看到史崔蘭的畫，觀者也已經比較有心理準備了；但別忘了，我當時從未見過任何類似的東西。首先，我訝於他那看似拙劣的技巧。我已習於老大師們的畫作，心裡深信安格爾（Jean-Auguste-Dominique Ingres）乃近代最偉大的繪者，我覺得史崔蘭畫得很差。我不懂他追求的是單純簡化。我記得一幅擺在盤上的柳橙靜物畫，我困惑於盤子並非圓形而柳橙歪了一邊。肖像畫比真人尺寸來得大了些，因此看上去不甚美觀。在我看來，那些臉孔看起來活脫像是諷刺的滑稽畫。繪畫的方式對我來說前所未見。風景畫甚至更令我不解。有兩、三幅楓丹白露森林的畫作，還有幾幅巴黎街道的風景：我當下的感覺是，這些大可說是酒醉的計程車司機畫的也行。我感到困惑不已。那色彩在我眼中看來格外粗陋。我腦海中還閃過這樣的念頭：整件事不過是樁令人無法理解的驚人大鬧劇。如今回頭看來，我更加佩服史特洛夫敏銳的眼光。他打從一開始便看出這不啻藝術的革命，他也在其萌芽期便認出如今全世界都認可的非凡創造力。

不過若說我感到困惑而不安，我並非未受感動。就連我這麼蒙昧無知的人，也不由自主感受到這極力想表達自我的，是一股真切的力量。我雀躍而興味盎然。我感覺到這些畫想對我訴說，某些對我自己而言十分重要的訊息，我卻不懂那是什麼。它們看似醜陋，卻暗示而未揭露某個事關重大的祕密。它們莫名地撩撥人心，賦予我一種自己也無法分析的情緒。它們訴說著某種難以言喻的事情。我猜史崔蘭隱約在有形的物體中瞥見了某種心靈上的意義，由於其不可思議，他只得以模稜兩可的符號來暗示。彷彿他在宇宙混沌中發現了新的形態，苦悶的靈魂拙澀地試圖將之描繪出來。我看到一個飽受折磨的靈魂，奮力想解放自己訴說表達。我轉身面對他。

「我在想你是不是搞錯了創作的媒介。」我說。

「你這到底是什麼意思？」

「我想你是想說些什麼，我不是很清楚，但我不確定繪畫是否為最佳的表達方式。」

一開始我以為親眼見到他的畫作，便能了解他那奇怪的性格，但是我錯了。那些畫只是加深了他所給我的滿滿的驚異。我更加摸不著頭緒了。我唯一清楚明白的——或許這純屬我個人臆測——是他熱切地想從某種掌控住自己的力量中解脫。但那是何等力量，以及解放會以何種形式出現，依然晦澀不清。人在世間無不孤獨。他被關在一座黃銅塔中，僅能透過符號與同伴溝通，而符號並無共通的價值，因此其意義依然曖昧不明。我們可悲地想對他人傳達我們內心的珍寶，但他們卻無接收的能力，因此我們終究孤獨，比肩而立卻不同行，無法了解對方也無法讓對方了解。我們就像住在語言不熟的國度裡，心中雖有各種美妙深刻的事情想說，卻無奈只能吐出對話手冊上的陳腔濫調。這樣的人腦子裡沸騰著各種想法，卻只能告訴你園丁姨媽的雨傘在屋裡。

我接收到的最終印象，是一種使盡全力想表達出靈魂某種狀態的努力，我猜想在這樣的奮鬥裡，應能找到令我困惑不已的疑問的解答。顯然色彩與形狀對史崔蘭來說，有專屬於自己的獨特意義。他不可自抑地想傳達出自己的感受，創作時僅秉持這種初衷。若能更接近他所追求的那不明目標，就算必須簡化或扭曲也毫不遲疑。事實對他來說並不重要，因為在那重重不相關的枝節底下，他尋覓的是對自己有意義的東西。就彷彿他察覺到了宇宙的靈魂所在，不得不將之表現出來。雖然這些畫令我困惑不解，卻無法不受當中明顯的情感所動；我也不曉得為什麼，自己體內油然而生一種感覺，那是我沒想過自己會因為史崔蘭而體驗到的感覺。我感到一股劇烈強大的同情。

「我想我現在懂了，你當初為什麼會對布蘭琪．史特洛夫付出情感。」我這樣對他說。

「那是為什麼？」

「我覺得是你喪失了勇氣。你肉體的軟弱傳達到你的靈魂。我不曉得你是被怎樣無窮盡的憧憬給糾纏住了，進而展開如此危險、孤獨的探索，期盼終究能找到將自己從苦痛折磨中解放的目標。在我眼裡你就像永恆追尋的朝聖者，尋找一個可能根本不存在的聖殿。我不知道你想達成何等深不可測的涅槃。你了解自己嗎？或許你追尋的是真理與自由，而有那麼一剎那你以為自己能在愛情中找到解脫。我想你疲憊的靈魂在女人的懷抱裡尋找安寧，一找不到你便開始厭惡她。你不憐憫她，因為你連自己都毫不同情。你出於恐懼扼殺了她，因為你仍因虎口逃生而餘悸猶存。」

他捻著鬍子冷冷笑著。

「你多愁善感過了頭，真教人同情哪。」

一週後我偶然聽說史崔蘭去了馬賽。

我再也沒見過他。

43

回頭看來，我發覺自己對查爾斯．史崔蘭的敘述，讀來一定令人非常不滿意。我敘述了自己所得知的事件，但依然模糊不清，因為我並不清楚這些事件背後的原因。當中最奇怪的，也就是史崔蘭決心成為畫家的原因，看起來似乎只是任意妄為；雖然在他現實生活的環境中一定有其原因存在，我卻一無所知。從他個人口中，我無法蒐得任何資訊。假如我是在寫作小說，而非敘述一位奇人身上我所知的事實，我早就編造一堆理由來說明他為何突然轉變心意。我想我應該敘述他兒時便展露秉性，嫩苗卻遭父親強橫粉碎或因生計而被迫犧牲；我會描繪他不耐於生活的拘束；而掙扎於對藝術的熱情與盡一己身分的責任之間，我還可以激起讀者對他的同情。因此我應該讓他變得更加相貌堂堂。或許在他身上可以見到新一代普羅米修斯（Prometheus）的影子。這樣可能還有機會將他塑造成現代版的英雄，他為了人類自甘承受遭謫降的苦痛。這向來是動人心弦的主題。

另一方面來說，我也可能在婚姻關係的影響中找到他的動機。這種角度有十來種切入的方式。因為與妻子積極交遊的畫家及作家接觸，因而喚醒他體內潛伏的天賦；或是家庭不合也可能讓他自暴自棄；我也可以描寫他內心悶悶鬱積的火苗，因一場戀愛情事煽起熊熊火焰。這樣一來，我對史崔蘭夫人的描述就會大不相同。我應該完全無視事實，將她變成一名嘮叨、煩人的女子，或是心胸狹窄、對心靈層面的需求不屑一顧。我應該將史崔蘭的婚姻寫成一場漫長的苦難，唯有逃脫方有解決的可能。我想我應該強調他對貌合神離的伴侶耐心以待，連壓在自己脖子上的重軛，他都因為同情而不願擺脫。孩子們的戲分當然要刪去。

比較實際的故事說法，或許也可以描述他和某位老畫家有所接觸，對方可能因為貧困的壓力或對賺錢的渴望，早已不復年輕時的天才洋溢，但他在史崔蘭身上看見自己虛擲的潛力，因此促使他拋棄一切，服膺藝術神聖的專制霸道。我覺得描繪那位功成名就、名利雙收的老人會有種諷刺的效果，因為他雖然看見對方過著比較精采的生活，卻無力追尋。

事實比小說無聊多了。史崔蘭還是個剛從學校畢業的小伙子時，便進了證券經紀事務所，心裡無所謂喜不喜歡的感覺。直到結婚為止，他都過著跟大家一樣的平凡生活，在交易所裡試試手氣，花上個把金鎊賭賭賽馬會或牛津劍橋划船賽的結果。他空閒時應該會打點拳擊。壁爐上會放著蘭特里女士（Lillie Langtry）和瑪麗・安德森（Mary Anderson）的相片。他會讀《笨拙》（*Punch*）和《運動時代》（*Sporting Times*）。也會去漢普斯特參加舞會。

我有那麼長一段時間沒見到他本人，其實也沒那麼重要。他花了好幾年時間努力想精通一門困難的藝術，但那段日子單調乏味，我也不曉得他打工賺錢養活自己的過程中是否有任何值得一提之處。要描述這些事情，就得敘述他親眼見識過發生在別人身上的事情。

我不認為這些遭遇對他的性格有任何影響。他一定累積了不少歷練，這些經歷足夠寫成一部現代巴黎的流浪漢小說（Picaresque），可是他卻保持一貫疏遠的態度，而且從談話中看來，這幾年的歲月中並無他印象特別深刻的遭遇。或許他到了巴黎的時候，以他的年紀已不會受到五光十色的環境所誘惑。雖然聽起來很奇怪，但在我眼裡他一直很實際，而且非常實事求是。我想他在這段期間裡過著浪漫的生活，但他卻無視其中的浪漫所在。這可能是因為要了解生活的浪漫之處，你必須有演員的本能；你必須能置身事外，同時以抽離和投入的心態來看待自己的所作所為。不過沒有人比史崔蘭更加專心一意。我不曾認識比他自我意識更薄弱的人。但很不幸地，我無法形容他經歷怎樣艱辛的步驟，才獲致他對藝術的精通熟練；因為假如我能呈現出他如何地不屈不撓、以無比的勇氣克服絕望、面臨藝術家最大的敵人，也就是缺乏自信時，依然維持毅力，那麼或許我能激起讀者的同情，體諒這樣一位性格看似毫不迷人的角色，他的這個缺點我也很清楚。但我無以為繼。我不曾看過史崔蘭實際作畫的模樣，也不曉得是否有其他人見識過。他的掙扎奮鬥一向不與外人道。倘若他一個人在畫室裡，曾與上帝派來的天使不顧死活地搏鬥，他也不曾容許任何人看穿他的苦痛。

描述到他與布蘭琪．史特洛夫的關係時，我深受手邊片段殘缺的素材所惱。為了要讓我筆下的故事連貫一致，我應該描繪兩人悲劇性結合的過程，但我對他們共同生活的那三個月卻一無所知。我不清楚他們相處的情況，也不曉得他們都談些什麼。畢竟一天有二十四小時，情緒高峰只占當中鮮少的時間。我只能想像他們其他時間是怎麼過的。只要還有燈光、布蘭琪也還有力氣的時候，我猜史崔蘭都在畫畫，看見他埋首於工作中一定讓她不快。身為情婦，此刻她對他來說並不存在，她只是個模特兒；而且常常有好幾個小時的時間，他們都沉默地無言以對。這一定讓她擔心受怕了。史崔蘭說過，布蘭琪委身於他時，其實帶著一絲報復德克．史特洛夫的心態，因為當初是德克助她脫離了困境，而史崔蘭這種說法開啟了許多黑暗的揣測。我希望那不是真的，那在我眼裡看來太過不堪。但誰能忖度人心幽微之處？當然不是那些認為人心只有高雅情操與正常感情的人。當布蘭琪理解到這一點時，史崔蘭雖然偶有熱情的片刻，但他一直冷淡疏離，她一定沮喪不已，我猜在那樣的時候，她一定也領會到自己對他而言並不是個人，而是尋歡的工具；他依然是名陌生人，而她用盡各種可悲的招數試圖將他綁在自己身邊。她努力想讓他陷入安逸的迷惘中，卻不懂安逸對他來說彷若無物。她煞費苦心張羅他喜歡吃的東西，卻不懂他對食物並不在乎。她害怕讓他自己一個人。她對他無微不至，當他熱情冷卻時她會想辦法挑逗他，因為至少這樣她有擁有他的錯覺。或許她的腦子告訴自己，她鑄下的枷鎖只引起了他毀滅的本能，一如站在玻璃窗前令人手指發癢，巴不得手邊有塊磚頭；但她的心不可理喻，讓她繼續走上自己也知道不得善終的那條路。她一定很不快樂，但愛的盲目讓她相信她自己希望是真的事情。而且她的愛是如此強烈，她無法相信這份愛不會喚起同等的回報。

可是我研究史崔蘭這個人的性格時，更大的缺失來自我對許多事實並不了解。我描寫他與女性的關係，因為那些關係都很明顯且醒目，然而那在他人生中只占了微不足道的一小部分。諷刺的是，那卻對其他人的人生造成悲劇性的影響。他的真實人生，事實上是由夢想與辛苦勤勞的工作所組成。

這正是小說的虛幻所在。對男人來說，愛情向來不過是整天許多事情中的一段插曲，小說中賦予愛情的重要性，事實上在真實生活中並不然。只有對少數男人來說，愛情才是世界上最重要的事情，然而這樣的都不會是什麼有趣的人物；就連奉愛情至上的女人，也會鄙視這樣的男人。她們樂於接受奉承被取悅，但心裡卻不怎麼舒服，可憐起這些男人來了。但男人就連在墜入愛河的短暫時刻中，也都會做些令他們分心的事情；他們營生的事業會占據他們的注意力；他們會沉迷於運動中；他們也會對藝術感興趣。大致上來說，男人會將不同活動劃分至不同區塊，從事其中一者時會暫時排除他者。他們能專注於當下埋首的事情上頭，若受到打擾會令他們不悅。戀愛中的男女，最大的差別在於女人可以一整天都談戀愛，但男人只能偶爾為之。

對史崔蘭來說，性欲只占很小的地位。它並不重要，令人厭煩。他的靈魂目標在他方。他擁有激烈的熱情，有時候肉體被欲望纏身，他會恣意尋歡作樂，但他厭惡自己被人類本能剝奪了自持的冷靜。我認為他甚至厭惡自己放蕩荒淫時必然存在的對象。他神智一恢復冷靜，看到方才享用的女子會令他不禁打哆嗦。此時他的思緒已安詳地飄浮穹蒼，見到她令他心生惡嫌，這樣的感受或許正如畫中盤旋於花苞上的蝴蝶一樣，牠對自己成功破繭而出留下的骯髒蝶蛹說不定也做這種感受。我猜藝術正是性欲表現的一種方式。那種情緒等同與人看見美麗女子、黃澄月光下的那不勒斯灣，以及提香的《埋葬基督》（*The Entombment of Christ*）時，心中所激盪的情緒。史崔蘭很可能厭惡一般正常性欲的釋放，因為那與藝術創作所獲得的滿足相較之下，對他來說似乎太過粗暴。要說他是理想主義者，就連我自己也覺得奇怪，畢竟我筆下將他形容為殘酷、自私、野蠻而肉慾的男人。但事實依然是如此。

他生活過得比任何藝匠都還要貧窮。也比他們都來得努力。他完全不在乎我們大多數人藉以使生活變得優雅美好的事物。他對金錢無動於衷。他對名聲視若無睹。你也不能因為他抗拒我們大多數人都屈服的諸多妥協，便因而讚揚他。他不受這些的誘惑。他腦海中不曾思考過妥協的可能。他在巴黎的生活比底比斯沙漠中的隱士還要孤獨。他對同伴唯一的要求是不要來煩他。他專心致志，為了追尋目標，他不僅能犧牲自己——這一點許多人都辦得到——也不惜犧牲別人。他心裡有個願景。

史崔蘭雖然可憎，但我依然覺得他是個偉大的人。

44

畫家對藝術的觀點有其重要性，我在這裡自然必須寫下我自己所知，史崔蘭對過往大師所抱持的看法。只怕我可說的不多。史崔蘭並不是個健談的人，他也沒有以絕妙好詞讓聽者留下深刻印象的天賦。他沒有機伶的才智。倘若我有辦法重現他說話的調調，各位會看到他的幽默感多屬譏諷。他辯駁的言詞粗魯。他的直言不諱有時令人發笑，但這種幽默感正因其罕見方具效力，倘若時常可見的話就不有趣了。

我應該說史崔蘭的才智並不過人，他對繪畫的看法也並不特殊。我從沒聽他談起有哪位畫家的作品同自己有相似之處——比方說塞尚或是梵谷；我也很懷疑他是否看過他們的畫。他對印象派畫家的興趣不大。他們的技巧令他佩服，但我猜想他覺得他們的見解不過稀鬆平常。當史特洛夫對莫內傑出之處高談闊論的時候，他則說道：「我比較喜歡溫德爾哈爾特（Franz Xaver Winterhalter）。」不過我敢講他這樣說只是為了作弄他，假如這是他的目的，他的確辦到了。

我也很失望自己關於他對老大師們的觀點，並無可大書特書之處。他的性格有太多奇特之處，假如他的看法也同樣與眾不同，就堪稱表裡如一。我覺得自己必須描述他對前輩畫家的奇思妙想，然而我必須幻滅地坦承他對那些前輩的想法，跟其他人其實相去不遠。我想他應該不認識艾爾．葛雷柯（El Greco）是誰。他極為讚賞維拉斯奎茲（Velazquez）卻又帶點不耐煩。他喜歡夏爾丹（Chardin），而林布蘭（Rembrandt）令他感動得欣喜若狂。他形容自己對林布蘭的印象，用詞極其粗野，恕我在此無法重述。他感興趣的畫家裡，唯一出乎意料之外的是老布呂赫爾（Peter Brueghel）。我當時對他認識不多，而史崔蘭也缺乏說明自己想法的能力。我還記得他對他的看法，因為聽起來讓人覺得很不滿意。

「他還行，我猜他一定覺得畫畫很痛苦。」史崔蘭這樣說。

後來我在維也納看到幾幅老彼得．布呂赫爾的畫，我想我可以理解他為何會引起史崔蘭的注意。他也是個擁有自己獨特世界觀的人。我當時寫下大量筆記，心裡打算寫些關於他的事情，但筆記後來搞丟了，如今只記得當時的情緒。他似乎以怪誕的眼光看待自己的同類，他因為他們的怪誕而感到生氣；生命是集合荒謬、齷齪事件的混沌，惹人發笑，然而他卻笑得悲哀。布呂赫爾給我的印象是他試圖以一個媒體表達比較適合以另一種媒體表達的感覺，可能就是這種朦朧的意識激起了史崔蘭的共鳴。或許兩人都試圖透過繪畫表達比較適合文學呈現的思想。

史崔蘭此時應該將近四十七歲。

45

我之前已經說過，要不是為了大溪地之旅的艱險，我恐怕不會寫出這本書。查爾斯．史崔蘭浪跡天涯後來到那裡，也在該地畫出成名作。我想應該沒有其他藝術家能徹底實現自己魂縈夢牽的理想，一直飽受技巧困擾的史崔蘭，與其他人相較之下，或許較無法以此表達內心所看到的景象；但在大溪地情況卻對他有利，他在周遭環境中找到足以讓靈感成真的事態，而他後期的畫作至少都能顯露他所追求的理想。它們提供了想像力新鮮而奇異的素材。彷彿在這個遙遠的國度裡，他長久以來魂不附體、尋覓歸宿的漂泊靈魂，終於有了肉身。套句陳腔濫調，他在這裡找到了自己。

造訪這座偏遠的島嶼，似乎應該會讓我馬上對史崔蘭重燃興趣，但當時手邊的工作占據了我全部的注意力，一切不相干的事物全被排除在外，一直要等到我在那裡待上幾天後，我才想起史崔蘭與此地的淵源。畢竟我上次見到他已經是十五年前，而他也已過世九年了。不過我還以為到大溪地後，腦海裡會馬上忘卻眼前的要事，然而過了一週，我發現自己很難保持沉靜清醒。記得第一天早上我很早便起床，走到旅館露台上卻發現闃寂無人。我晃到廚房去，廚房卻上了鎖，外頭板凳上有個當地男孩在睡覺。看來好一會兒都還沒有早餐可吃，於是我溜達到海濱去。店鋪裡的中國人已經在忙了。天色還是一片黎明的魚肚白，潟湖上籠罩著幽微的寂靜。十哩外的茉莉亞島，像是一座守護聖杯的高聳堡壘，戍衛謎般的神祕。

我不大敢相信自己的眼睛。我離開威靈頓後度過的那幾天感覺奇異而非比尋常。威靈頓乾淨整齊，一派英國的調調，會讓你想起英國南部海岸的海港城鎮。之後的三天裡，海上風雨交加。灰茫茫的雲朵在天空中竄動。風停了下來後，海變得平靜而湛藍。太平洋比其他海洋來得荒涼，幅員更為廣袤，航行其上的旅程不管多麼平常，都帶有冒險的感覺。你呼吸的空氣有如一帖靈藥，讓你準備好迎接不曾預期的驚奇。凡夫俗子也無從預期航向大溪地的行程，居然比航向幻想的黃金王國更為不可思議。眼前浮現嶙峋壯麗的姊妹島茉莉亞，彷彿魔杖一揮便從荒漠般的汪洋中升起。其奇兀聳峭的輪廓，看起來就像浮在太平洋上的蒙瑟拉特山，你可以想像在那個地方，玻里尼西亞的騎士們以奇異的儀式，捍衛對凡人來說是禁忌的祕密。這座島之美，隨著距離逐漸拉近慢慢掀開其面紗，其秀麗的山峰輪廓愈來愈明顯，但海上掠過的船隻仍無從得知其祕密，朦朧之中不可褻玩的島嶼，似乎將自己籠罩在嚴峻不可親的層巒疊嶂裡。倘若你貼近海岸尋找礁岩中的空隙，轉眼間卻稍縱即逝，你也不會感到意外，眼前所見只有太平洋那片蔚藍的寂寥。

大溪地是一座高聳的碧綠島嶼，地表層層疊疊的深色綠意，可以想見當中蘊藏的寂靜山谷；在其沉鬱的深邃裡有種神祕，潺潺流洩著沁涼的溪水，在那些蔭蔽之處生命自亙古以來便依照著遠昔之道生生不息。即使在此也有其憂愁而嚴酷之處，但那種印象稍縱即逝，而且也只是讓當下的喜樂感覺更加敏銳。那就像是一群歡樂的人因小丑耍寶而發笑時，你在小丑眼裡看到的悲哀；他的嘴角微笑，笑料更加歡愉，因為在笑聲的交流中，他發現自己更加難以忍受地孤單。因為大溪地笑口常開而且友善，它就像是一名不吝於展現自己魅力與美麗的漂亮女人；也沒有比進入帕皮提港更令人心情受到撫慰的經驗了。碼頭停泊的縱帆船乾淨漂亮，沿著海灣展開的小鎮瑩白高雅，而藍天下猩紅的鳳凰花，鮮豔的色彩彷彿熱情的吶喊。它們猛烈而不害臊的官能美令人喘不過氣來。汽船停靠碼頭時蜂擁而至的人群歡快而愉悅，這是一群七嘴八舌、興高采烈、比手畫腳的人們。這是由棕色臉龐簇集而成的人海。眼底映入的印象是焰火般湛藍的天空下五彩繽紛的湧動。一切都熙攘喧鬧，不管是卸載行李或海關查驗，而每個人似乎都在對你微笑。天氣非常熱。色彩令人眩目。

46

我到大溪地不久便認識了尼可斯船長。有一天我在旅館露台上用早餐時，他過來自我介紹。他聽說我對查爾斯．史崔蘭有興趣，他是過來和我聊聊他的。大溪地和一般英國村莊沒兩樣，人們都喜歡閒言閒語，我不過問了一兩次史崔蘭的畫，流言很快就傳開來了。我問這位陌生人是否用過了早餐。

「吃過了，我都很早喝咖啡，但我不介意喝點威士忌。」他這樣回答。

我把中國人店小二叫了過來。

「你不覺得時間還太早了點嗎？」船長說道。

「這就要看你和你的肝怎樣決定了。」我這樣回答。

「我基本上是滴酒不沾的。」他邊說邊幫自己倒了大半個玻璃杯的加拿大俱樂部威士忌。他一笑會露出滿嘴變色的爛牙。他很瘦，頂多一般人平均身高，一頭灰色短髮，嘴巴上留著花白的鬍碴。他好幾天沒刮鬍子了。他臉上的皺紋很深，皮膚長時間在太陽下曝曬烤成了褐色，一對藍色的小眼珠子出乎意料之外的多疑。那對眼珠跟隨著我一舉一動快速轉動，讓他看起來像極了惡棍。不過與其同時，他卻也極為熱誠親切、待人和睦。他穿著一套破舊的卡其服裝，兩隻手實在應該好好洗一洗了。

「我和史崔蘭很熟，」他往後躺在椅背上，點燃我請他抽的雪茄。「他是經由我才會到群島這兒來的。」

「你在哪裡遇見他？」我問。

「馬賽。」

「你在那裡做什麼？」

他朝我露出迎合的微笑。

「這個嘛，我應該是在海灘上吧。」

從我朋友的外表看來，他現在依然做著同樣的事情，我準備和他展開愉快的交際。與海灘遊民來往雖然有些小麻煩，卻也算得上值得。他們容易接近，也很好說話。他們不大會裝腔作勢，只要請他們喝杯酒就能打動他們。你不需大費周章便能與他們熟絡，只要傾聽他們說話，你就能贏得他們的信任和感激。他們將談天視為人生一大樂事，這點證明了他們傑出的文化素養，而且他們大致上說話都很有趣。他們的人生歷練和豐富的想像力一樣精采。他們也不是說不會心懷鬼胎，不過他們對法律還算尊重，只要執法夠嚴厲的話。和他們一起打撲克牌很危險，但他們高超的牌技也讓這種精采的遊戲格外增添了刺激。後來在我離開大溪地之前，我和尼可斯船長變得熟稔，認識他也算我走運。我請他抽的雪茄和喝的威士忌（他總是婉拒雞尾酒，因為他基本上算是滴酒不沾），還有我從口袋裡掏出來借他的幾塊錢（他向我借錢彷彿是好心好意幫我忙），我都不覺得比得上他提供給我的消遣。我是他的債主。但假如我的良心對這樁事錙銖必較便三言兩語打發他，那麼我會覺得很遺憾。

我不曉得尼可斯船長當初為什麼離開英國。對這件事情他三緘其口，而且對他這樣的人來說，直接開口問並不恰當。他曾暗示遭逢厄運，無疑他視自己蒙受了不白之冤。我想像了各種欺詐和暴力的情節，當他提起故土的官方當局太過拘泥細節時，我也表達同感。不過看到他並未因在自己祖國遭受的不快，而損及他愛國的熱忱，著實令人窩心。他時常大呼英國是全世界第一等的國家，他自覺比美國人、殖民地居民、拉丁人、荷蘭人和玻里尼西亞的土著都來得優越許多。

不過我覺得他並不快樂。他有消化不良的毛病，常可以看到他含著助消化的胃藥錠；他早上的胃口不好，單是這個毛病還不足以讓他精神頹喪。除此之外，他對人生還有更大的不滿。八年前他輕率地娶了個老婆。有些人無疑因為天意，注定要打光棍一輩子，卻因任性使然，或是他們自己也無法處理的狀況，硬是要跟天命作對。沒有比結了婚的光棍更值得同情的了。尼可斯船長就是這樣的例子。我見過他妻子。我想她應該芳齡二十八，雖然她這種型的女子年紀總是說不準；因為她二十歲時長得一定也沒兩樣，到了四十歲看起來也不會比現在老。她給我一種緊繃的印象。她緊繃的臉龐搭配著薄嘴唇，皮膚像是緊緊撐開在骨架上，她的笑容緊繃，她的頭髮緊繃，她的衣服緊繃，她披掛的白色粗布感覺活像是黑色的喪服。我實在無法想像尼可斯船長為何會娶她，娶了她之後又為何不棄她而去。或許他曾經試過不只一次，而他的憂鬱正是來自他始終無法得逞。不論他走得多遠，或是藏在多隱密的地方，我相信如命運般不可抗、同良心般冷酷的尼可斯夫人，總是會很快找到他。他難以從她身邊逃離，一如因果必有報應。

惡棍和藝術家、或許紳士也一樣，不屬於任何階級。他不會因為流浪漢的不受拘束而感到尷尬，也不會因為王公的繁文縟節而備覺困窘。不過尼可斯夫人屬於近來大鳴大放、明確的一個階級，即所謂的下層中產階級。事實上她父親是一位警察。我相信他一定是很能幹的警察。我不曉得船長為什麼離不開她，但我不覺得那是因為愛。我從來沒聽過她開口說話，但那可能是因為她私底下滔滔不絕。總而言之，尼可斯船長怕她怕得要死。有時候他和我坐在旅館的露台上，他會察覺到她經過外頭的馬路。她沒開口喚他，也沒顯露自己知道他在這裡的模樣，她只是冷靜沉著地走來走去。船長會突然坐立難安，他會看一下手表然後嘆口氣。

「那個，我得走了。」他說。

此時不論妙語如珠或威士忌都無法將他攔住。然而他這個人不論遭遇颶風或颱風皆面不改色，面對十來個黑人徒手攻擊，就算身上只有一把轉輪槍防身也毫不退縮。有時候尼可斯夫人會派她女兒，一個面容蒼白陰沉的七歲小孩，來旅館找他。

「母親在找你。」她哀聲說道。

「好啦，親愛的。」尼可斯船長說。

他馬上站了起來，陪伴他女兒一路回家。我想這是人定勝天的絕佳範例，這樣一來我的題外話至少還有教誨的意義。

47

我試圖串連起從尼可斯船長口中所聽到，諸多關於史崔蘭的事情，在此我盡量整理出條理來。兩人初識的晚冬季節，就在我與史崔蘭最後一次於巴黎見面之後。我不曉得他如何度過中間那幾個月的時間，但生活一定很不好過，因為尼可斯船長初次見到他是在夜間庇護所裡。當時馬賽發生罷工事件，已經走投無路的史崔蘭，顯然發現連要勉強維持基本生計的小錢都沒得賺了。

夜間庇護所在一間石造的大型建築物裡，貧民和流浪漢可以來這裡借宿一個星期，條件是他們要備有證件，而且要能說服負責的修士說自己是勞工。尼可斯船長因為史崔蘭的體型與外表在等待開門的人中鶴立雞群，因而注意到了他；他們都無精打采地等候著，有些人走來走去、有些靠在牆壁上，還有人把腳擱在水溝裡，就這樣坐在路邊；當他們魚貫走進辦公室時，他聽見查驗證件的修士用英語和他說話。不過他沒機會和他搭上話，因為他一進到交誼廳，一名修士懷中便抱著一大本聖經走了進來，站上房間一角的講道壇，開始那些可憐的畸零人為了換得住宿必須忍受的講道。他和史崔蘭被分配到不同房間，然後早上五點一到，他便被一名身材健壯的修士趕下床，等他整理好床鋪洗好臉時，史崔蘭已經不見人影。尼可斯船長在寒風刺骨的街頭晃盪了一個小時，然後前往水手們經常聚集的維克多．傑呂廣場。靠在雕像基座打盹時，他又瞧見了史崔蘭。他踢了他一腿喚醒他。

「老兄，來吃早餐吧。」他說。

「去死吧。」史崔蘭這樣回答。

我一聽便認出我那位朋友有限的字彙，我準備將尼可斯船長當作可靠的人證。

「破產了？」船長問道。

「去你的。」史崔蘭回話。

「跟我來吧。我請你吃早餐。」

史崔蘭遲疑一會兒後站了起來，兩人一起去了善心麵包坊，餓肚子的人去那裡可以拿到一片麵包，不過他們必須當場吃掉，麵包是不能帶走的；然後他們去慈善湯鋪，那裡每週十一點四分時可以領到一碗稀的鹹湯。兩幢建築物位置相隔甚遠，只有真正餓肚子的人才會去利用此服務。兩人就這樣吃了早餐，史崔蘭與尼可斯船長之間奇特的友誼於此展開。

他們在馬賽相處了四個月左右。他們的經歷無高潮迭起可言，倘若所謂高潮指的是刺激意外的事件，因為他們成天都在想法子掙錢，只求夜裡有地方棲身，有口飯療飢。不過我希望在此能呈現出尼可斯船長口中鮮活的敘述，那使人想像力奔馳的生動渲染畫面。他敍述兩人在海港城市底層生活的探險，足以寫成一本引人入勝的書，他們遇見的各色人等也能編成一本惡棍字典大全，不過我只能轉述短短幾節。他們在那裡的生活過得似乎緊張而粗暴，野蠻、多彩多姿且活躍。我所認識的馬賽，印象中人們開朗、陽光普照，旅館舒適而餐廳裡滿是有錢人，相形之下居然變得單調乏味。我好羨慕有人能親眼見識尼可斯船長口中所形容的景象。

被夜間庇護所拒絕往來後，史崔蘭和尼可斯船長轉而投靠流氓比爾。他是一名手段凶殘、體型高大的黑白混血兒，經營著一間水手寄宿公寓，他提供受困無援的討海人食宿，直到幫他找到工作為止。他們在他那兒住上一個月，和十來名瑞典人、黑人和巴西人一起，窩在他屋裡兩間別無長物的房間地板上，費用則記在他帳上；他們每天都上維克多．傑呂廣場去，船長們都會來這裡找人手。他娶了一個肥胖邋遢的美國女人，天曉得她是怎麼墮落才會淪落至此，而寄宿者每天輪流幫她處理家務。尼可斯船長覺得史崔蘭很有一套，他幫流氓比爾畫了張肖像，逃過幫忙打雜的苦差事。流氓比爾不僅出錢購買畫布、顏料和畫筆，還加碼一磅走私的菸草給史崔蘭。就我所知，這幅畫至今可能依然裝飾著裘莉葉碼頭附近某間破舊小屋的起居室，我猜它現在喊價可達一千五百英鎊。史崔蘭打算登上某艘要前往澳洲和紐西蘭的船隻，再從那裡取道前往薩摩亞或大溪地。我不曉得他怎會想到要往南太平洋去，但我記得他以前腦海中常縈繞著一座蔥綠晴朗的島嶼，四周圍繞著比高緯度的北方更湛藍的海洋。我猜他會跟尼可斯船長膩在一起是因為他熟那些地方，而且正是尼可斯船長勸他大溪地會比較適合他。

「是這樣的，大溪地是法國屬地，而法國人沒那麼一板一眼。」他跟我解釋。

我想我懂他的意思。

史崔蘭身上沒有證件，但流氓比爾覺得有搞頭的事情才不會因此打退堂鼓（他幫水手找到差事，都收他們第一個月的薪水），一名英國鍋爐工恰巧死在他手上，他便把他的證件給了史崔蘭。不過尼可斯船長和史崔蘭都想往東去，但碰巧可以上船的機會都是要往西。史崔蘭兩次拒絕航向美國的不定期貨船上的差事，一艘往紐卡斯爾的運煤船他也說不。流氓比爾對這種執拗的行徑感到不耐，因為這只會造成他的損失，最後一次他不囉嗦便將史崔蘭和尼可斯船長趕出他家。兩人再度流落街頭。

流氓比爾提供的膳食並不豐盛，常常吃了跟沒吃一樣，不過有時他們還是懊悔不已。他們嘗到了飢餓的滋味。慈善湯鋪和夜間庇護所都將他們列為拒絕往來戶，他們賴以維生的只剩下善心麵包坊提供的那片麵包。他們有地方睡就睡，有時候睡在車站附近側軌上的空貨車裡，有時候睡在倉庫後的推車上；可是天氣嚴寒，怪不舒服地打盹了一、兩個小時後，他們便又回到街上打轉去了。他們最不能忍受短缺的就是菸，尼可斯船長更是不能沒有它；他開始搜尋啤酒罐裡剩下的菸屁股，還有先前夜裡出來溜達的人扔掉的雪茄菸蒂。

「我抽過更劣質的玩意兒哪。」他豁達地聳聳肩，從我遞給他的菸盒裡抽出兩根雪茄，一根放進嘴裡，一根放進口袋。

他們偶爾會賺到一點錢。有時會有郵輪進港，尼可斯船長和計時員套過交情，可以幫他們兩個找到裝卸船貨的工作。如果是英籍船隻，他們會躲進船艏裡，讓船員請他們吃上一頓豐盛的早餐。他們得冒著被船上幹部撞見的風險，到時候會被靴子踢上一腳，將他們從跳板上給踹下去。

「肚子吃得飽，屁股被踢上一腿也沒差，我個人向來不介意。船上幹部總是得顧慮紀律的，是吧？」尼可斯船長說道。

我腦海裡浮現一幅鮮明的畫面，大副發火抬起腳要踹下去，尼可斯船長一股腦從狹窄的跳板朝下飛奔，而他不負身為真正的英國人，同時不忘商船船員快活的精神。

魚市場周遭經常有零工可打。有次他們兩個賺了一法朗，工作是把倒在碼頭上的無數箱柳橙裝上貨車去。有天他們交上了好運：一位船員掮客拿到合約，要粉刷一艘來自馬達加斯加、繞行好望角的不定期貨船，他們花了好幾天時間待在懸掛於船身的木板上，用油漆蓋過生鏽的船身。這種處境一定很合史崔蘭尖酸的幽默感。我問尼可斯船長，他怎樣度過這些苦頭。

「我不曾聽他說過一句抱怨的話，他有時會有點乖戾，但只要我們從早不曾吃過一口飯，身上也沒能去中國佬酒店躺上一晚的錢，他就會生氣蓬勃地幹活。」船長這樣回答。

這並不讓我感到意外。史崔蘭就是這種能戰勝環境的人，雖然這樣的困窘常使人意氣消沉；但這是因為心情泰然自若或天性反骨就難說了。

中國佬酒店是布特希街旁一間寒酸客棧，老闆是一名獨眼的中國人，「中國佬酒店」這名字是海灘遊民取的，在那裡只要花上六蘇[12]就能睡在簡陋的床上，三蘇可以睡地板。他們在此結識其他天涯淪落人，身上沒錢或夜裡酷寒難耐時，他們會向白天偶然賺到錢的伙伴借錢圖個棲身之所。這些浪人並不小氣，身上有點銀兩的人都不吝與眾人分享。他們來自四面八方，但這並不妨礙他們患難與共，因為他們自認隸屬於一個無所不包的國度，他們都是古柯驗這個偉大國家的自由人。

「不過我想史崔蘭被激到時，會搖身變成惡客。」尼可斯船長想了想後這樣說：「有一天我們在廣場上碰到流氓比爾，他要查理把證件還給他。」

「你想要的話最好自己來拿。」查理這樣說。

「流氓比爾的勢力很大，但他看查理不順眼，於是開始咒罵他。他幾乎罵遍所有他知道的髒話，而當流氓比爾開始罵人時，你最好要小心。好啦，查理忍受了一會兒，然後他

12 Sou，法國舊制硬幣，價值五生丁（一生丁等於百分之一法朗）。

終於受不了挺身上前說道：『滾吧，該死的豬玀。』他這句話其實沒什麼，但他說的方式可不然。流氓比爾住嘴了；你可以看見他突然心生膽怯，接著彷彿記起自己另外和人有約走開了。」

根據尼可斯船長的敍述，史崔蘭嘴裡冒出來的不是我寫下的這些字，但顧及本書要符合闔家觀賞的宗旨，我考慮再三後決定犧牲事實，讓他吐出適合居家環境的措詞。

且說流氓比爾不可能忍受這樣隨便被一名水手給羞辱。他的勢力來自他的威信，寄居他屋裡的水手紛紛走告，說他發誓要解決史崔蘭。

一晚尼可斯船長和史崔蘭坐在布特希街的酒吧裡。布特希街是一條狹窄的街道，兩旁都是單房的一層樓房，有如擁擠市集中的攤位和動物園裡的獸欄。每扇門前都可見到一名女子。有些慵懶地靠在路標上，自顧自地哼著歌和用粗啞的嗓音招喚路人，有些則無精打采地看書。她們有法國人、義大利人、西班牙人、日本人、有色人種；有些胖，有些瘦；在她們臉上濃厚的脂粉、眉毛上厚重的塗抹和緋紅的嘴唇底下，可以瞧見歲月的線條及放蕩的疤痕。有些穿著黑色連衣裙和肉色長襪；有些頂著染黃的鬈髮，像小女孩一樣穿著短版薄紗連身裙。透過敞開的門可以看見紅色地磚的地板，木製大床，木板桌上擺著水罐和臉盆。各式人等在街頭溜達——半島東方輪船公司上的印度水手、瑞典帆船上的金髮北歐人、帆式軍艦上的日本人、英國水手、西班牙人、法國遊艇上的俊俏小伙子、美國貨船上的黑人。白天這裡骯髒邋遢，但到了夜裡，小屋裡的燈點亮後，街頭染上一層邪惡的美感。空氣裡瀰漫的駭人色欲壓得人難受，然而這幅景象卻也有種纏繞人心頭的神祕氣息。你會感受到一股莫名的原始力量，令人反感卻也迷惑。文明的儀式禮節於此一掃而空，感覺人們彷彿直接面對了陰暗的現實面。氣氛同時濃烈也淒慘。

史崔蘭和尼可斯待的那間酒吧裡，機械鋼琴大聲嘎嘎奏出跳舞音樂。房裡桌子坐滿了人，這一頭十來名水手喝得爛醉大聲喧譁，那一頭是一群阿兵哥；擠在中間的則是一對一對擁舞的男男女女。褐色臉龐、留著落腮鬍的水手，毛手毛腳地緊揪著舞伴。女子們身上則僅著連衣裙。偶爾會有兩名水手起身共舞。屋裡的噪音震耳欲聾。人們唱著、叫著、笑著；男人朝摟在自己膝上的女孩深吻時，英國水手發出的噓聲更添喧囂。空氣裡瀰漫著男人厚重靴子揚起的塵埃，更是讓菸霧染上一片灰。裡頭很熱。吧台後坐著一名正在哺乳的女子。身材矮小、扁臉多斑的年輕服務生，則捧著裝滿啤酒杯的托盤跑來跑去。

不一會兒，流氓比爾身旁跟著兩名黑人大個兒走了進來，從他樣子看來顯然已經有三分醉。他一心來找碴兒的。他踉蹌地撞上坐了三名軍人的桌子，還打翻了一杯啤酒。兩方大動肝火吵起來，酒吧老闆此時出面要流氓比爾離開。老闆的身材魁梧，他不容許顧客在店裡胡鬧。流氓比爾此時也遲疑了一下，他惹不起店東，因為背後有警方罩他，所以他詛咒了一句便轉身要離開。突然間他瞧見了史崔蘭。他不發一語，朝他走去。他在嘴裡含了一口唾液，然後噴了史崔蘭一臉。史崔蘭攫起眼鏡朝他丟去。舞池裡的人們瞬間停住腳步。剎那間一片寂靜，但當流氓比爾朝史崔蘭身上撲過去時，大夥兒被激起鬥性，倏地扭打成一團。桌子被打翻，玻璃杯砸得滿地。一時間鬧得天翻地覆。女人們朝門口和吧台後方四散。路人從街上湧入。耳邊盡是各種語言的咒罵、拳頭呼嘯的聲音、叫囂聲響；房間中央十來名漢子使上全力互毆。突然間警察衝了進來，所有人都想辦法朝門口奔去。酒吧多少清空了點後，流氓比爾躺在地板上不省人事，頭上有一大道傷疤。史崔蘭手臂受了傷，衣服被撕爛，尼可斯船長將他拖到街上。他自己也因為鼻子挨了一拳而血流滿面。

「我想你最好在流氓比爾出院前離開馬賽。」兩人回到中國佬酒店清洗身子時，他這樣對史崔蘭說。

「這比鬥雞強多了。」史崔蘭說。

我眼前幾乎能看見他那冷笑。

尼可斯船長很擔心。他很清楚流氓比爾的報復心強。史崔蘭兩度打敗這名混血男子，而這混血男子清醒時可不好惹。他會暗中等待時機。他不急，但有天晚上史崔蘭背部會被捅上一刀，一、兩天後港邊污濁的水中會撈出一具無名的海灘遊民屍體。尼可斯第二天晚上去流氓比爾的屋子打探消息。他人還在醫院裡，但他妻子去醫院看過他，說他立誓自己出院後一定要取史崔蘭的性命。

一個星期過去了。

「我總是這樣說，」尼可斯船長思索著說道：「你要傷害別人的時候，就傷得狠一點。這樣你就有時間觀察狀況，思考接下來該怎麼辦。」

接著史崔蘭的運氣來了。一艘要前往澳洲的船來水手之家徵鍋爐工人，原本的司爐在直布羅陀因震顫性譫妄發作跳水自盡。

「兄弟，你折返往港口去，然後簽約上船。你證件都有了。」船長這樣對史崔蘭說。

史崔蘭即刻出發，那是尼可斯船長最後一次見到他。船只靠港六個小時，傍晚時尼可斯船長便看著船隻煙囪冒出煙，破浪往東航向寒冬的大海。

我盡己所能敍述這一切，因為我喜歡這些事蹟所呈現的對比反差，與我自己親眼所見史崔蘭在阿士利花園的生活截然不同，當時他只懂得埋首股票中；不過我也意識到尼可斯船長是個大騙子，我敢說他告訴我的事情裡沒半句真話。就算實際上他這輩子從沒見過史崔蘭本人我也不會感到意外，他對馬賽的認識也可能都來自雜誌上的報導。

48

我本來打算在這裡結束本書。我原先想從史崔蘭在大溪地最後那幾年的時光和慘死的經過開始敍述，然後回頭講述我所知的早年經歷。我原本是這樣打算的，這倒不是出自我的主見，而是因為我希望最後能讓史崔蘭懷抱著盼望出發，不論他寂寞的靈魂裡到底對那些未知的島嶼燃起了何等想像。我喜歡他從四十七歲開始追尋新世界的模樣，大部分的人到了那個年紀早已安於規律的生活。在我想像中，海面在密史脫拉風[13]吹拂下一片灰撲撲地捲起了泡沫，他注視著法國海岸線漸行漸遠，而命運注定他再也看不見；我覺得他英姿煥發且心無所畏。我好想讓故事結束在希望的氣氛中，這樣彷彿能強調出人類不被打倒的精神。不過我卻辦不到。不知道為什麼，我沒辦法進入故事裡，試了一、兩次後我不得不放棄；我改用傳統的方法從頭開始講起，我決定了唯有按自己得知事情的順序，才能敍述出我所知的史崔蘭人生故事。

我目前所知都是片段的故事。我猶如一名生物學家，不僅必須從一根骨頭重建出絕種

[13] 密史脫拉風（Mistral），專指法國南部海岸乾燥而寒冷的西北風。

動物的外表，還得推論出其習性。在史崔蘭於大溪地接觸過的人身上，他並未留下特別的印象。對他們來說，他不過是個時常缺錢的海灘遊民，值得一提的只有他繪畫的怪癖，總是畫一些看似荒謬的畫作；要等到他死了幾年後，巴黎和柏林的畫商派人來搜尋島上可能還存有的畫作，他們這才知道原來身邊曾住過這樣一位重要人物。他們這時才想起來，早知道就賤價買下幾幅畫，現在可是價值連城呢，他們無法原諒自己錯失了大好良機。

有一位姓柯恩的猶太裔商人，他入手一幅史崔蘭作品的淵源頗為奇特。他是一名身形矮小的法國老者，眼神柔和笑容可掬，一半算是商人一半算水手；他有一艘小艇，他會駕著小艇大膽穿梭波摩圖斯群島[14]和馬克沙斯群島間，拿貨物去交換乾椰子仁、貝殼和珍珠。我去見他是因為聽說他有一粒大的黑珍珠，他願意便宜出售，然而我發現那還是超乎我的能力，於是我跟他談起了史崔蘭。他對他知之甚詳。

「是這樣的，我對他感到興趣是因為他是畫家。」他告訴我：「群島上的畫家不多，我替他感到難過，因為他畫得很糟。他第一份工作是我給他的。我在半島上有一座農場，我想雇一名白人工頭。不找白人來看著的話，當地人都不會幹活。我對他說：『你可以有很多時間畫畫，你還可以賺點錢。』我知道他餓肚皮，不過我給他的工資還不錯。」

---

[14] Paumotus，原意為「從屬群島」，現稱土木土群島（Îles Tuamotu）。

「我很難想像他會是個稱職的工頭。」我笑著說道。

「我條件放得很寬。我一向同情藝術家。這是天生的，我跟你說。不過他只待了幾個月。他賺夠了買顏料和畫布的錢之後就離開了。那時候他已經被這地方給擒伏了，他只想遁入叢林中。不過我偶爾還是會見到他。他每幾個月就會現身帕皮提，待上一陣子；他會從別人身上搞到錢，然後又消失不見。就在一次這樣的行程中，他來找我，開口要向我借兩百法朗。他看起來好像一整個星期都沒吃飯，我不忍心拒絕他。當然了，我沒期望他會還我錢。好啦，一年之後他又來見我，這次帶了一幅畫來。他沒提起欠我的錢，不過他說：『這畫的是你的農場，我為你畫的。』我看了看，不知道該說什麼好，不過我當然謝過他，等他走了後，我拿給妻子看。」

「那是幅什麼樣的畫？」我問。

「別問我。我根本摸不著頭腦。我這輩子從來沒見過那樣的東西。我問妻子：『我們該拿它怎麼辦？』她說：『絕對不能掛出來，人家會笑我們的。』她將畫拿進閣樓裡，和其他各種破爛東西擺在一起，我妻子什麼東西都捨不得丟。她就是有這種怪癖。然後呢，你想像一下，就在戰爭爆發前，我弟弟從巴黎寫信給我，問道：『你知道有個曾經住在大溪地的英國畫家嗎？他好像是個天才，他的畫可以賣到很高的價錢。你看看能不能弄到他的作品寄給我。這有賺頭。』於是我問妻子：『史崔蘭給我的那幅畫怎麼了？有可能還擺在閣樓裡嗎？』

她回答：『當然了，你也知道我不丟東西的。這是我的怪癖。』我們上閣樓去，在一堆我們住在那間屋子的三十年內累積的各種廢物中，畫就在那兒。我重新看了一次，然後說道：『誰想得到我半島農場的工頭，居然是個天才？我還借了他兩百法朗，畫裡你瞧出了什麼來嗎？』她說：『沒有，一點也不像是農場，我從來沒看過藍色葉子的椰子；不過巴黎人都瘋瘋癲癲的，說不定你弟可以賣個兩百法朗，抵掉你借史崔蘭的錢。』好了，我們把畫包裝好寄給我弟。最後我收到他寄來的信。你覺得他寫了什麼？他說：『我收到你的畫了，我必須承認我還以為你是在跟我開玩笑。我連寄畫的郵資都不肯出。我有點害怕把畫拿給跟我提起這件事的先生看。你可以想像我有多驚訝，聽到他說這是一幅傑作，他願意出三萬法朗。我敢說他一定肯出更高的價錢，不過老實說，我整個人都嚇得暈了頭；我還沒鎮定下來就接受了他開的價碼。』」

然後柯恩先生說了句很令人佩服的話。

「我真希望那可憐的史崔蘭還活著。不曉得我把賣畫的兩萬九千八百法朗給他，他會怎麼說。」

49

我下榻浮花旅館，店主強森太太說了個錯失良機的傷感故事。史崔蘭死後，他有些財物在帕皮提的市場拍賣掉了，她自己也去了，因為在那一卡車物品中有個美製爐灶她想要。她花二十七塊法朗買了下來。

「畫作有十來張，」她這樣告訴我：「不過那些畫都未裱框，沒有人想要。有些頂多十法朗就賣掉了，但大部分都只賣五、六塊法朗。你想想看，假如當時我買下來，現在我就是個富婆了。」

不過提亞蕾．強森不管怎樣都不會變得富有。她這個人留不住錢。她是當地女子和定居大溪地的英國船長結合生下的女兒，我認識她時她芳齡五十，不過看起來比實際年齡老，身材也很碩大。她個子高、體格魁梧，要不是她一臉天性良善、只擺得出和藹表情的話，她看起來會很懾人。她的臂膀像羊腿一樣粗壯，胸部像兩顆巨大的甘藍菜；她的臉寬大肉多，給人一種幾近猥褻的赤裸感覺，豐厚的下巴一層層堆疊。我不曉得她究竟有幾層下巴，鬆鬆垮垮地垂在她有容乃大的胸脯上。她通常穿著一襲粉紅色的寬鬆罩袍，頭上成天戴著一頂大草帽。她以自己的頭髮為傲，偶爾會將它放下來，此時你可以看見她有著一頭黑色鬈曲的長髮；而她的眼神一直維持著年輕的活力。她有我聽過最具感染力的笑聲；她先從喉頭開始低聲笑起，然後笑聲愈發洪亮，直到笑得整個人全身亂顫。她最喜愛三樣事物——笑話、美酒與俊男。能認識她是種榮幸。

她是島上最棒的廚子，而且她熱愛美食。從早到晚，你都可以看見她坐在廚房裡的矮椅子上，身旁圍繞著一名中國廚師和兩、三名本地的女孩兒，她會邊下指令邊和所有人閒話家常，品嘗著她一手調配出來、香氣四溢的菜餚。她想款待朋友時，就會親自下廚。好客是她的愛好，只要浮花旅館裡有東西可吃，島上就不會有人挨餓。她不曾因為客人不付錢而把人家趕出門過。她總是希望他們方便的時候再付就好了。曾經有個人時運不濟而窮途潦倒，她提供對方食宿好幾個月的時間。中國來的洗衣工因為他沒付錢，拒絕替他洗衣服時，她便將他的衣物和自己的一起送洗。她不能忍受讓那個可憐的傢伙穿著髒襯衫，她這樣說道，而且因為他是個男人，男人就得抽菸，於是她每天給他一法朗買菸。她對他的態度，一如對那些每週按時繳帳單的客人一樣殷勤。

上了年紀和肥胖的身材使她與愛情無緣，但她很關心年輕人的戀愛情事。她認為性愛是男女之間再自然不過的活動，並且隨時以自身廣泛的經驗提供勸告和借鏡。

「我還未滿十五歲時，我父親就發現我有了愛人。他是熱帶鳥號上的三副，是個俊俏的小伙子。」她說。

她輕嘆了一口氣。人們說女人總是對初戀念念不忘，但或許她並未一直惦著他。

「我父親是個明理的人。」

「他怎麼處理呢？」我問道。

「他把我打個半死，然後逼我嫁給強森船長。我無所謂。他年紀是大了點，但他也長得挺好看的。」

提亞蕾——他父親以那白淨馥郁的花朵[15]為女兒命名，人們說只要你聞過一次那香味，不管你漫遊到多遠的地方，最後總是會被吸引回到大溪地來——提亞蕾對史崔蘭的記憶很清晰。

「他有時候會來這裡，我會看見他在帕皮提四處漫步。我替他覺得難過，他好瘦，一直身無分文。我只要聽說他進城，就會派個小弟去找他，要他來與我共進晚餐。我幫他找過一、兩個工作，但他沒辦法定下來。沒多久他就想回到叢林裡去，某天早上就這麼走了。」

史崔蘭離開馬賽約六個月後抵達大溪地。他在一艘從奧克蘭航向舊金山的帆船上打工抵船費，上岸時身上只帶著一盒顏料、一個畫架和十來張畫布。因為他在雪梨找到工作，

---

15 Gardenia taitensis，茜草科的常綠熱帶灌木，俗稱大溪地梔子（Tahitian Gardenia）或提亞蕾花（Tiaré Flower）。

所以口袋裡還有幾英鎊，就在城外當地人的家裡租了個小房間。我想他一抵達大溪地，一定就覺得無比自在。提亞蕾告訴我，他曾經對她說過：「我有次在擦甲板，突然有個傢伙對我說：『呦，島在那兒呢。』我抬起頭來，看見島的輪廓。那一剎那我便知道，那就是我尋尋覓覓一輩子的地方。隨著距離愈來愈近，我似乎認得這個地方。有時候我四處閒晃，到處都感覺很熟悉。我敢發誓我曾經住過這裡。」

「有時候他們就像那樣被這裡迷住了，」提亞蕾說道：「我知道有些人因為船在載貨，上岸才待了沒幾個小時，就不曾再回去過了。我也認識一些人被派駐這裡一年，他們咒罵這個地方，要離開時還發下毒誓，說寧死也不再回來，結果不到半年你就看見他們又上岸了，他們會跟你說，他們沒辦法在別處生活了。」

50

我覺得，有些人就是生錯了地方。命運捉弄把他們丟到了某些環境中，但他們心中永遠都會懷抱著連自己也不明白的鄉愁。他們在出生地是異鄉客，從小便熟知的林蔭巷弄或玩耍的繁忙大街對他們來說依然是過境之處。在自己的同胞當中，他們可能一輩子都是異國人；置身這輩子僅知的風景中，他們一直冷淡疏離。或許正是這種陌生感，讓人們離鄉背井尋找可以歸屬的永恆之處。或許是某種深植內裡的返祖現象，驅使遊子返回他的祖先在歷史幽冥之初離開的故土。有時候人會偶然遇見讓自己莫名其妙感到歸屬的地方。這裡就是他尋尋覓覓的家，他會定居下來，生活在他不曾見過的風景中，與他不認識的人相處，然而這一切卻彷彿打從出娘胎便已熟悉。他終於在此安身。

我跟提亞蕾提到我在聖托馬斯醫院認識的一個人。他是一名叫做亞伯拉罕的猶太年輕人，金髮，身形粗壯，個性害羞而謙虛，不過很有才華。他拿獎學金進入醫院，五年修業期間獲得所有他可以參加的獎項。他後來成為駐院的實習內外科醫生，才氣獲得眾人公認。最後他被拔擢獲得醫院正式錄用，前途一片光明。以一般人之常情來預測的話，他一定能攀升至這一行的顛峰。前方名利雙收的未來正等候著他。在他走馬赴任之前，他希望能休個假，由於手頭並不寬裕，他上了一艘前往黎凡特的不定期貨船當外科醫師。船上通常並無配置醫生一職，但醫院裡一位資深的外科醫師認識船公司的董事，因此商請對方破例讓亞伯拉罕上船。過沒幾個星期，院方收到他的辭職信，放棄眾人垂涎的醫院職位。大家百思不得其解，各式誇張的謠言四處流傳。只要有人做出出乎意料的行為，旁人都會將原因歸咎於最不堪的動機。不過有人早已準備好接替亞伯拉罕，他就這樣被遺忘了。眾人再也沒有他的消息。他就此消失。

可能將近十年後，有天早上船正要在亞力山卓靠港，我被吩咐和其他乘客一起排隊，等候醫生檢查。醫生是一名衣著寒酸、身材粗壯的男子，他脫下帽子後我發現他頭很禿。我覺得彷彿見過他。忽然間我想起來了。

「亞伯拉罕。」我出聲喚他。

他困惑地轉頭看著我，終於認出來後他緊握我的手。我們雙方都大呼意外，他得知我要在亞力山卓過夜，便邀我一同去英國俱樂部用餐。我們稍後再次碰面時，我表示很訝異會在那裡遇見他。他的職位很不起眼，而且看起來似乎經濟拮据。然後他對我訴說自己的故事。當初他踏上地中海之旅時，他是想回倫敦去聖托馬斯任職的。有天早上貨船停靠亞力山卓，他人站在甲板上，俯瞰那被陽光照得白亮的城市，還有碼頭上的人群；他看見穿著破舊的軋別丁衣服的當地人、來自蘇丹的黑人、吵鬧的希臘人和義大利人、頭戴塔布什帽嚴肅的土耳其人、陽光與藍天；此時他有種奇異的感受。他無法用言語形容。那有如晴天霹靂，他這樣說道，但又覺得不滿意，改口說像是上天的啟示。他的心彷彿被揪住一樣，剎那間他感到一股雀躍之情，一種自由解放的快意。他覺得找到了歸宿，花了不到一分鐘的時間，他當場下定決心，這輩子都要住在亞力山卓。離開船上他並沒碰到太大的麻煩，不到二十四小時後，他便帶著所有的家當上岸了。

「船長一定以為你腦子壞掉了。」我笑著說。

「我才不管別人怎麼想。採取行動的不是我，而是我體內更加強大的一股力量。我心想應該找間希臘小旅舍，就在尋覓的同時，我感覺好像知道該上哪兒找。你知道嗎？我居然就這樣一路走過去，一見到旅舍我便馬上認了出來。」

「你去過亞力山卓嗎？」

「沒有，我這輩子沒離開英國過。」

他很快地便進入政府單位服務，此後不曾變動。

「你不曾後悔嗎？」

「不曾，一丁點後悔都沒有。我賺的剛好夠生活，我很滿意。我要求的不過就是維持目前這個狀態，直到我斷氣為止。我的人生過得很棒。」

第二天我離開亞力山卓，就這樣忘了亞伯拉罕的事，一直到不久前，我和另一位同行的老朋友聚餐，他叫亞歷克・卡麥可，這會兒是放假回來英國。我在街頭巧遇他，順便恭喜他因為戰時的卓越功績獲頒爵位。我們約好找天晚上敍舊，我答應與他共餐時，他便說不會再邀別人出席，這樣就不會有人打擾我們談天。他在安皇后街有幢漂亮的老房子，他是個有品味的人，自然將房子妝點得令人讚歎。我在餐廳牆上瞧見一幅迷人的貝洛托（**Bernardo Bellotto**），還有一對令我羨慕不已的佐法尼（**Johann Zoffany**）。他妻子高眺可人，這天穿了一身金色的衣裳，等她離席後，我開玩笑地評論起他目前的境況，和我們都還在念醫學院時截然不同。當年能在西敏橋路上寒酸的義大利餐館用餐，我們便覺得是奢侈的享受。如今亞歷克．卡麥可被六所醫院延聘。我猜他年薪有一萬英鎊，而爵位不過是他未來功名的開端罷了。

「我混得還不錯，不過說來奇怪，這一切都要歸功於一個幸運的機緣。」他說。

「這是什麼意思？」

「這個啊，你還記得亞伯拉罕嗎？他是當時的明日之星。我們還是學生的時候，他處處都勝過我。我參加的獎項和申請的獎學金，最後都是他拿到。我在他身邊只能屈居第二。假如他當初繼續下去，就會是我現在這個地位。那個人是外科手術的天才。沒有人贏得了他。他被任命為聖托馬斯的專科住院醫師時，我根本沒有入院的機會。我可能會成為一般的全科醫生，你也知道全科醫生出人頭地的機會有多渺茫。不過亞伯拉罕卻退出了，我拿到他的工作。我因此時來運轉。」

「我敢說是這樣沒錯。」

「我真的是走運。我猜亞伯拉罕一定是哪裡有問題。可憐的傢伙，他就整個一塌糊塗了。他在亞力山卓擔任某個微不足道的醫學相關工作——衛生檢查員之類的。我聽說他和一名醜陋的希臘老女人同居，生了半打長瘰癧的小孩。事實上，我想光有頭腦是不夠的。重要的是一個人的品格。亞伯拉罕就是沒品格。」

品格？我倒覺得人家沉思了半小時後便放棄手邊的事業，這可需要不少的品格，因為你在另外一種生活方式中看到更強烈的意義。驟然踏出這一步而不曾後悔過，這更需要品格才行。不過我什麼都沒說，而亞歷克．卡麥可繼續發表他的想法：

「當然了，要是我假裝對亞伯拉罕的所作所為表示遺憾，那就太虛偽了。畢竟我因而受益。」他奢侈地抽了一大口叼在嘴上的長條皇冠雪茄。「不過若非我個人的因素，我會很遺憾看到他的才華就這麼浪費掉了。一個人把自己的人生給搞砸真是糟透了。」

我不曉得亞伯拉罕是否真的把自己的人生給搞砸了。從事自己最想做的事情、生活在讓自己開心的狀態底下、自己心安理得，這樣算是把人生給搞砸了嗎？還是成為知名的外科醫師、年收入一萬英鎊、娶得美嬌娘，這樣就算成功了嗎？我想這取決於你賦予人生的意義、你對社會的要求，以及你個人的要求。不過我還是乖乖閉嘴，畢竟我有什麼資格與勳爵爭辯呢？

51

我敍述這個故事給提亞蕾聽時，她稱讚我的小心謹慎，然後有幾分鐘的時間，我們就這樣默默地剝著豌豆。她眼睛總是留意著在她廚房裡發生的大小事，此時她突然看到中國廚子的某個行為，她大為光火。她一連串的辱罵射向他身上。那中國佬毫不退縮地為自己辯白，兩人於是吵得不可開交。他們操著當地的語言，而我會講的不過五、六個字，那聽起來彷彿世界就快毀滅了；不過兩人很快就停火了，提亞蕾遞了根菸給廚子。兩人悠哉地抽著菸。

「是我幫他找到老婆的，這你知道嗎？」提亞蕾忽然冒出這樣一句，偌大的臉上綻開笑顏。

「你說廚子？」

「不，是史崔蘭。」

「不過他已經有妻子了。」

「他也是那樣說的，但我告訴他，她人在英國，而英國遠在天邊。」

「的確。」我這樣回答。

「他每兩、三個月，需要顏料、菸草或金錢的時候，就會來帕皮提，然後像條流浪狗一樣四處晃盪。我替他感到難過。那時我這裡有個整理房間的女孩子，名字叫愛塔；她算是我的親戚，父母雙亡，所以我把她接來跟我一起住。史崔蘭偶爾會來這裡好好吃上一頓，或是跟那些小伙子下棋。我注意到他每次來的時候她都會瞄他，我便問她是不是喜歡人家。她說她的確算得上喜歡他。你也知道這些女孩子，她們都很想跟白種男人走。」

「她是本地人嗎？」我問。

「對，她完全沒有白人血統。好啦，跟她談完後，我把史崔蘭請過來，我對他說：『史崔蘭，你也該定下來了。你這種年紀的男人不應該再到岸邊和女孩子打情罵俏。那些女生都不好，你跟她們混不會有好結果。你身上沒錢，你每次工作都撐不了一、兩個月。現在沒有人會雇你了。你說你總是可以回叢林裡和本地人一起生活，人家願意接受你是因為你是白人，但白人這樣做並不恰當。姑且聽我說句話吧，史崔蘭。』」

提亞蕾說話時英、法語夾雜，因為兩種語言她都流利自如。她說起話來好像在歌唱，聽起來還挺悅耳的。你會覺得假如鳥兒會講英語，一定就是這樣的語調。

「欸，你覺得娶愛塔當老婆怎樣？她是個好女孩，而且才十七歲。她不像有些女孩一樣水性楊花——可能跟某位船長或大副有過一腿，但她沒跟本地人好過。你瞧，她很自重的。歐胡號的事務長上一趟來的時候跟我說，他在這些島嶼沒見過比她好的女孩兒了。她也該定下來了，況且那些船長和大副也都喜新厭舊。我不會把人家女孩子留在我身邊太久。她在塔拉瓦奧有些地，就在還沒到半島的地方，以乾椰子仁現在的價格來說，你可以過著很舒服的日子了。那裡還有幢房子，你會有很多時間畫畫。你怎麼說？」

提亞蕾停下來喘口氣。

「就在這個時候，他告訴我他在英國還有妻子。我對他說：『可憐的史崔蘭哪，大家都在老家有個妻子，通常那就是他們來島上的原因。愛塔是個懂事的女孩，她不會妄想請市長來證婚。她是新教徒，你也知道他們不像天主教徒一樣期待那些事情。』

「此時他說：『不過愛塔自己是怎麼說的？』我說：『她好像迷上你了，你願意的話她就好。要我叫她過來嗎？』他就像平常那樣古怪地乾笑起來，我把她叫了過來。那個野丫頭，她知道我在講什麼，我老早從眼角餘光瞧見她豎起耳朵偷聽，還假裝在熨她幫我洗的襯衫呢。她走了過來，雖然嘴巴笑著，但看得出來有點害臊，史崔蘭就不發一語盯著人家看。」

「她漂亮嗎？」我問。

「還不賴。不過你一定見過她的畫。他一直反覆畫她，有時候身上披著花布，有時候一絲不掛。是啊，她夠漂亮了。而且她會做菜，是我親手調教出來的。我看史崔蘭正在考慮，於是我對他說：『我給她的薪水還不錯，她都存了下來，她認識的那些船長和大副有時也會給她點東西。她已經存了好幾百塊法朗。』

「他捻著一嘴紅鬍子，微微笑了起來。

「他說：『好吧，愛塔，你想要我當你老公？』

「她什麼都沒說，只顧著吃吃地笑。

「『不過我心疼的史崔蘭，我得告訴你，人家女孩子癡癡戀著你哪。』我這樣說道。

「『我會打你噢。』他看著她這樣說道。

「『不這樣我怎麼知道你愛我。』她這樣回答。」

提亞蕾故事說到這裡戛然而止，她若有所思地對著我說道：

「我第一任丈夫強森船長，以前常會痛扁我。他是個男人。英俊瀟灑，六呎三吋高，喝醉酒沒人擋得住。我會全身瘀青好幾天。唉，他死的時候我哭得可慘了。我還以為自己永遠無法平復。但要一直到我嫁給喬治·雷尼後，我才知道自己失去了什麼。除非真正跟男人一起生活，不然你看不出他的真面目來。我從來沒被男人這麼狠狠騙過。喬治·雷尼也是個正派的好人。他幾乎和強森船長一樣高，看起來也夠強壯，但那都只是表面的假象。他滴酒不沾，不曾對我動手過。你要說他是傳教士也可以。我和每艘靠港船隻上的高級船員有染，而喬治·雷尼視若無睹。最後我終於對他感到嫌惡，申請離婚。像他那樣的丈夫有什麼用？有些男人對待女人的方式真的糟透了。」

我安慰提亞蕾，還感性地批評男人向來不可信，然後我請她繼續講史崔蘭的故事。

「『這個啊，』我就對他說：『不必急。你好好地想一想。愛塔在別館有間很棒的房間。你去和她相處一個月，看你喜不喜歡她。你可以在這裡用餐。一個月結束時，假如你決定娶她，你可以搬去她那塊地定居下來。』」

「好啦，他同意我的提議。愛塔繼續負責打掃整理，我依約每天供餐給他。我教愛塔學會一、兩道我知道他喜歡的菜色。他沒怎麼畫畫，就在山丘上四處晃盪，到溪裡游水。他會坐在岸邊看瀉湖景色，日落時去觀賞茉莉亞島。他也會去礁上釣魚。他熱愛在港口閒晃，跟本地人聊天。他是個安靜的好人。每天晚餐後他和愛塔回別館。我看得出來他渴望回到叢林裡去，一個月過去後我問他心裡怎麼盤算。他說倘若愛塔願意的話，他也願意跟她走。於是我幫他們辦喜酒，我還親自下廚。我上了道豌豆湯和葡萄牙風味龍蝦，還有咖哩和椰子沙拉——你沒吃過我的椰子沙拉，對吧？你離開前我一定要做給你吃——之後我還做了一道冰淇淋給他們。我們盡情喝著香檳，喝完接著喝利口酒。喏，我就是下定決心要盡善盡美。之後我們在會客室裡跳舞。那時候我還沒那麼胖，而且我一直喜愛跳舞。」

浮花旅館的會客室是個小房間，裡頭有台豎型鋼琴，靠著牆壁整齊地擺放了一組蓋著壓花天鵝絨的桃花心木家具。圓桌上擺著相片簿，牆上掛著提亞蕾與第一任丈夫強森船長的放大照片。雖然提亞蕾如今已經變老又變胖，偶爾我們還是會捲起布魯塞爾地毯，邀請侍女們和提亞蕾的一、兩位朋友進來跳舞，雖然現在聽的是從留聲機傳出來呼呼作響的音樂。陽台上空氣中浸染提亞蕾濃厚的香水味，頭頂上萬里無雲的天空中南十字星閃耀。

提亞蕾憶起舊日好時光，笑逐顏開。

「我們一直慶祝到夜裡三點鐘，上床時我想大家都喝茫了吧。我告訴過他們，他們可以搭我的輕型馬車，一直走到路的盡頭，因為在那之後他們得步行很長一段路。愛塔的地就在山凹之間。他們黎明出發，我派去跟著的小伙子一直到隔天才回來。」

「是啊，那就是史崔蘭結婚的經過。」

52

我猜接下來三年是史崔蘭人生中最快樂的時光。愛塔的房子距離環島公路有八公里遠，你得沿著熱帶樹木遮蔽的蜿蜒小徑前去。那是一座由未上漆的木材搭成的小屋，裡頭有兩個小房間，外面有一個充當廚房的小屋。屋裡除了權充床鋪的墊子外別無家具，此外就是門廊上的一把搖椅了。香蕉樹有著鋸齒邊緣的碩大闊葉，活脫像是落難皇后的襤褸衣衫，緊緊依靠在屋子邊生長。房子後面有棵鱷梨樹，四周則長滿這座島嶼主要收入來源的椰子。愛塔的父親沿著土地周圍種植巴豆，樹叢茂盛而色彩繽紛，像是火燄般圍起了土地。房子前方種了棵芒果樹，空地邊緣則有兩株雙生的鳳凰木，猩紅的花朵與金黃的椰子爭輝。

史崔蘭在這裡仰賴土地的作物過活，甚少來到帕皮提鎮上。不遠處有一條小溪，他就在溪裡沐浴，偶爾溪水裡還會游來一群魚。然後當地人會帶著魚叉集合起來，大吼大叫地將匆匆游向大海卻被嚇傻的魚兒叉穿。有時候史崔蘭會到礁岸去，帶著一籃色彩斑斕的小魚或是龍蝦回來，愛塔則會用椰子油來煎魚；有時候她會用在你腳底下竄逃的大隻陸蟹，做出一道美味的佳餚。山上有野橘樹，愛塔偶爾會和村裡兩三名婦女一起上山，帶著香甜的綠色果子滿載而歸。此外椰子成熟可以摘的時候，她的表親們（和當地人一樣，愛塔也有一堆親戚）會成群爬上樹去，把熟透的大椰子扔下來。他們會把椰子剖開，放在太陽底下曬乾。然後把椰子仁挖出來裝進布袋裡，由女人們扛去潟湖邊村子的商人處，他會用米、肥皂、罐頭肉和一點錢來交換。有時候鄰里會開筵席，宰豬來大快朵頤。大家會吃到肚子撐，熱舞高唱讚美歌。

不過房子距離村落很長一段路，大溪地人又很懶。他們喜歡到處旅遊也喜歡嚼舌根，但他們不喜歡走路，史崔蘭和愛塔常常一連好幾週都離群索居。他會畫畫、讀書，傍晚天色暗了下來，兩人會一起坐在陽台上，吞雲吐霧凝望著夜色。後來愛塔生了個孩子，前來幫忙的老婦人就留了下來。不久後老婦人的孫女來陪她，接著便出現一個年輕人——沒人搞得清楚他打哪兒來，或是哪家的人——但他就這麼隨遇而安，和他們定居下來，一夥人就這麼住在一塊兒。

53

「我說啊，布魯諾船長來了。」有一天我在整理提亞蕾告訴我的史崔蘭事蹟時她這樣說道：「他和史崔蘭很熟，還去他家拜訪過。」

我見著一名法國中年男子，留著一臉黑色大鬍子，夾雜著幾縷灰色，臉曬得很黑，襯著發亮的大眼。他身穿一套整齊的細帆布衣。午餐時我就注意到他了，阿林那個中國小伙子告訴我，他是搭當天從波摩圖斯到港的船來的。提亞蕾引見我們兩人，他遞給我一張名片，大大的名片上印著「荷內．布魯諾」，底下則印著「長程號船長」。我們坐在廚房外的小陽台上，提亞蕾正在替旅館裡幫忙的一個女孩子剪裁衣裳。他就在我們身旁坐下。

他說：「沒錯，我和史崔蘭很熟，我很喜歡下棋，他也很樂於對奕。我一年會因為生意來大溪地三、四趟，他人只要在帕皮提就會過來這裡，我們就會下棋。」布魯諾船長微笑地聳聳肩，接著說：「他結婚時，也就是說，他去和提亞蕾介紹的女孩一起生活時，邀我過去找他。我是婚宴上的賓客之一。」他眼神望向提亞蕾，兩人相識而笑。「在那之後他甚少來帕皮提了，一年後我剛好去到島上那個區域，為了什麼我也忘了，事情辦完後我心想：『欸，不如來去探望那可憐的史崔蘭吧！』我問了一、兩位當地人，這才發現他住的地方離我當下所在地不到五公里遠，於是我就去了。我永遠不會忘記那次造訪的印象。我住在一個地勢低矮的環礁上，那是一塊環繞著潟湖的陸地，它的美美在碧海藍天，潟湖的多彩繽紛，以及椰子樹搖曳的風情；不過史崔蘭居住的地方，美得像伊甸園。啊，我真希望能讓你親眼看見那地方的魅力，那是個遺世獨立的角落，抬頭是一片藍天，身旁是蔥鬱茂密的樹木，有如色彩的饗宴。而且芬芳馥郁，氣候涼爽。言語無法形容那海角樂園之美妙。他就住在這個地方，不問世事也不受世俗煩憂。我猜在歐洲人的眼裡，那裡一定看似邋遢不堪。房舍殘破也不甚乾淨。三、四名本地人就躺臥在陽台走廊上。你也知道本地人就喜歡聚在一塊兒。有個年輕人躺在那兒抽菸，身上只圍了條花布。」

花布是長條狀的棉布，顏色不是紅就是藍，上頭印有白色圖案。布就纏繞在腰際，長度垂到膝蓋上。

「一名年約十五歲的女孩在編織露兜樹葉做帽子，一名上了年紀的女子屁股坐在地上抽菸斗。然後我瞧見了愛塔。她正在餵剛出生的嬰孩喝奶，腳邊有另外一個全身赤條條的孩子在玩耍。她一看見我便呼喚史崔蘭，他走出來應門。他也一樣，身上只圍著一條花布。他的模樣很特殊，滿臉紅鬍子加上一頭亂髮，還有毛茸茸的健壯胸膛。他的腳長滿硬繭和傷疤，看得出來他總是赤著腳。他已經徹徹底底成為本地人了。見到我他似乎很開心，還吩咐愛塔晚餐殺隻雞。他帶我進到屋裡，讓我看他手邊正在進行的畫作。房間的角落擺著床，中間則擺著有畫布的畫架。因為我很同情他，我花點錢買了他幾幅畫，有些都寄給我在法國的朋友了。雖然我買他的畫是出自同情，相處久了後我開始喜歡上那些畫。的確，我在那些畫中發現了一種奇異的美感。當時大家都認為我瘋了，結果證明我的眼光是對的。我是他在群島上第一位畫迷。」

他不懷好意地對著提亞蕾笑，她再次懊悔不已地提起當初在史崔蘭財物的拍賣會上，她居然忽略了他的畫，反而花二十七塊法朗買下美製爐具。

「畫都還在你手上嗎？」我問。

「都在，我要留到我女兒可以成親的年紀，到時候我才要賣掉。那些可以拿來當她的嫁妝。」

他接著繼續敍述造訪史崔蘭的過程。

「我永遠不會忘記與他共度的那個夜晚。我原先打算頂多待個一小時，他卻堅持要我留下來過夜。我遲疑了，我必須坦承自己並不中意他說我可以睡的那張草蓆，不過我終究還是聳聳肩答應了。我在蓋自己在波摩圖斯的房子時，有好幾個星期的時間都露天睡在比那還要硬的床上，除了野生灌木叢外別無遮蔽物；至於害蟲嘛，我堅韌的皮膚足以抵擋牠們侵襲。

「愛塔準備晚餐時，我們到溪邊沐浴，吃完飯後我們坐在走廊上抽菸談天。那個年輕人有把六角手風琴，他彈起十幾年前歌廳裡流行的曲調。在那遠離文明數千哩的熱帶之夜，那些曲調聽起來分外奇異。我問史崔蘭，住在那麼墮落的環境中，難道不會厭倦嗎？不，他這樣說；他喜歡唾手可得的模特兒。不久後，當地人便呵欠連連，離開睡覺去了，只剩下我和史崔蘭兩個人。我無法形容那夜裡的寂靜有多強烈。我在波摩圖斯的島上，夜裡不曾有過如同這裡的萬籟俱寂。海灘上會有無數動物發出的沙沙聲，有那些不停爬動的小甲殼類，還有陸蟹竄動的吵雜聲響。偶爾你會聽見潟湖裡魚兒跳出水面，有時則是鉛灰真鯊嚇得其他魚類落荒而逃的急促濺水聲。而最重要的是，那如同時間般永不停歇，碎浪打在礁岩上的悶聲轟隆。但在這裡卻無聲無息，空氣中夜裡的白花暗香浮動。那一夜美得教靈魂難以承受肉體的牢籠。感覺靈魂彷彿就要隨著虛空婆娑而去，死亡的面容竟如摯友般可親。」

提亞蕾嘆了口氣。

「唉，真希望我能回到十五歲。」

此時她瞥見有隻貓想偷吃廚房桌上的那盤明蝦，她巧手一揮，伴隨連聲辱罵，一本書朝著落荒而逃的貓尾巴砸過去。

「我問他和愛塔在一起快樂嗎？」

「他說：『她不會煩我，她做飯給我吃，照顧她的小孩。我說什麼她都照做。她滿足我需要女人的地方。』

「『那麼你不曾後悔離開歐洲過嗎？有時難道你不會想念巴黎或倫敦的街燈，有朋友和同輩為伴；還有，我也不曉得，戲院和報紙，以及石子路上公車經過的轆轆聲嗎？』

「他默不作聲好長一段時間。然後他說道：

「『我會在這裡待到我死去為止。』

「『可是你都不會無聊或寂寞嗎？』我問他。

「他咯咯笑了起來。

「『我可憐的朋友啊，』他這樣說道：『顯然你不懂藝術家是怎麼一回事。』」

布魯諾船長臉上掛著一絲淺笑望向我，他和藹的黑眼珠裡有種奇妙的神情。

「這他就冤枉我了，因為我知道心懷夢想是怎麼一回事。我也有自己的憧憬。我也算是個藝術家。」

我們都沉默了一會兒，提亞蕾從她的大口袋中掏出一包菸來。她分別遞了根菸給我們兩個，三人就這樣抽著菸。最後她開口說道：

「既然這位先生對史崔蘭有興趣，你何不帶他去見庫特拉斯醫生？他可以和他談談他病死的經過。」

「我樂意至極。」船長看著我這樣說。

我謝過他，然後他看了眼手表。

「已經六點多了。現在你想去的話，可以在他家裡找到他。」

我二話不說便起身出發，我們沿著前往醫生家的路走去。他住在城外，不過浮花旅館本身就接近城的外圍，於是我們很快便到了郊外。寬闊的路上兩旁胡椒樹成蔭，路兩旁都是農場，種植著椰子和香莢蘭。棕櫚樹梢軍艦鳥躲在葉子後頭嘎叫。我們來到一座淺河上的石橋，我們在此稍事停留，看那些本地的小伙子玩水。他們尖叫狂笑地追打著彼此，溼漉漉的褐色身軀在陽光下搖曳生光。

54

一路上我都在思索一種情形，這是最近聽到那些史崔蘭的消息使我不得不注意到的狀況。在這座偏遠的島嶼上，他似乎並未引起家鄉父老對他抱持的嫌惡，相反地，這裡的人都能賦予同情；他的奇行怪癖也都能獲得包容。對這些人來說，不管他們是本地人或歐洲人，他的確是個怪人，但他們早已習慣了怪人，大家都將他視為理所當然；這世界就是充滿了行徑怪異的怪人；或許他們了解人並不會成為自己所期盼的模樣，而是為所必然。在英國和法國，他有如方枘圓鑿，是格格不入的異數；但在這裡榫眼有各種形狀，沒有任何一種榫頭是不妥的。我並不認為他在這裡變得比較溫和、比較不自私或比較不粗野，但這裡的環境對他比較有利。假如他這輩子都在這樣的環境裡度過，或許可以成為一個平常人也說不一定。他在這裡接受到在自己同胞身上不敢預期也不敢想的東西——理解。

我努力將這件事帶給我的訝異傳達給布魯諾船長知道，他有一會兒不做反應。

「不論如何，我能理解他其實並不奇怪。」他終於開口說道：「因為雖然我們都不曉得，但我們其實都在追求同樣的目標。」

「像你和史崔蘭這樣截然不同的人，究竟會有什麼同樣的目標呢？」我微笑著問道。

「美。」

「這是個艱鉅的任務啊。」我喃喃自語。

「你可知道，人著迷於愛情時，對世界上任何事情皆視若無睹、充耳不聞？他們像被綁在船艦上划槳的奴隸一樣，不能主宰自己的一舉一動。拴住史崔蘭的那股狂熱，同愛情一樣來得專橫霸道。」

「你這樣說真是太巧了！長久以來我也一直覺得他是被魔鬼附身了。」我這樣回答。

「而攫住史崔蘭的狂熱，是一種創造美的熱情。它讓他不得安寧，一直驅策著他四處奔波。他是永遠的朝聖者，被神聖的鄉愁所纏身，他體內的惡魔毫不留情。有些人追求真理的慾望無比強烈，為了達到目標不惜粉碎自己世界的根基。史崔蘭就是這樣的人，只是以他而言，美取代了真理。我對他只能寄予深深的同情。」

「這也怪了。一個被他深深傷害過的人也曾經告訴我，他對他同情不已。」我沉默了一會兒。「我一直搞不透這個人，我在想你說不定找到了解答。你是怎麼想到的？」

他微微笑著面向我。

「我沒跟你說過嗎？我自己也算是個藝術家，我領悟到在自己體內也有同樣驅動他的慾望。不過他的創作媒介是顏料，我則是生命。」

布魯諾船長接著敘述了一個故事，在這裡我必須加以重述，因為就算只是提供對照也好，這個故事讓我對史崔蘭有了更深一層的體會。我也覺得這個故事自有其韻味。

布魯諾船長是布列塔尼人，他待過法國海軍，後來因為結婚離開海軍。他在坎佩附近有一小塊地，便定居該地打算平靜度過餘生；但由於律師的失職，他忽然間變得一無所有，而他和妻子幾經思考後都不願意過著貧困的生活。他當年航行海上的歲月裡曾經來過南太平洋，便下定決心來此打拚。他先在帕皮提待上幾個月，擬定計畫累積經驗；然後靠著從法國的友人那裡借來的資金，買下波摩圖斯群島的一座島。那是圍繞著深水瀉湖的一圈地環，島上沒有人，地表植被只有灌木叢和野生番石榴。他身旁陪伴著一名勇敢的女子，也就是他妻子，另外帶了幾名本地人，他登陸這座島嶼，開始建造房舍，清除灌木叢來種植椰子樹。那是二十年前的事了，當年荒蕪的島如今已變成一座花園。

「工作一開始很艱辛也令人操心，我們兩人都盡全力幹活。我每天破曉起床，開始打掃、種植、建造我的房子，晚上一碰到床便像根木頭一樣一覺到天亮。我妻子和我一樣打拚。我們也生下小孩，老大是兒子，然後一個女兒。我和妻子親自教導他們一切。我們從法國運來一架鋼琴，妻子教他們彈琴和說英語，我教他們拉丁文和數學，歷史我們則一起讀。他們能駕駛船隻，游泳的技術和本地人一樣棒。他們對土地的一切無所不知。我們種的樹茂盛繁衍，我的礁上也有貝類生長。我現在來大溪地要買一艘縱帆船。我採集的貝類數量已經值回付出的人工，而且誰曉得呢？我說不定會發現珍珠。我從一無所有的荒地做出成績來了。我也創造出美來了。啊，你不懂那種成就感，我看著那些高聳健壯的樹木，想到每一株都是我親手種下的，心裡就會很安慰。」

「我就問你曾問過史崔蘭的問題吧。你不曾懊悔過離開法國和布列塔尼的老家嗎？」

「有一天等到我女兒嫁人，我兒子娶了妻子，可以取代我在島上的地位時，我們會回去，在我出生的老房子裡度過餘生。」

「回首往事，你會發現自己這輩子過得很幸福。」我說。

「顯然如此，島上的生活並不刺激，而且遺世獨立——你想想，我到大溪地要四天時間——但我們在那裡很快樂。歷來鮮少有人能嘗試新的工作還成功的。我們的生活簡樸而單純。我們沒有多餘的野心，我們唯一感到自豪之處是因為我們用自己雙手來工作。我們不受惡意影響，也不受嫉妒侵擾。啊，親愛的先生，人言常道能勞動就是福氣，這句話是沒什麼意義，但對我來說感受卻再深刻不過。我是個幸福的人。」

「我想你是實至名歸。」我笑著說。

「我希望自己也可以這樣想。我不曉得自己何德何能，可以娶到這樣的妻子，她不僅是益友也是好伴侶，更是完美的主婦和母親。」

我思索了一會兒，想像船長話中所描述的生活。

「很顯然要過這樣的生活並且獲得那麼好的成績，你們倆一定都得要有堅強的意志和果斷的性格。」

「可能吧，但若沒有另外一項重要因素的話，我們可能會一無所成。」

「什麼重要因素？」

他有點誇張地停了下來，伸出手臂。

「對上帝的信仰。沒有信仰我們早就迷失了。」

然後我們抵達了庫特拉斯醫生的家。

55

庫特拉斯醫生是一位身高傲人、身軀龐大的法國老者。他的體態猶如一顆巨大的鴨蛋；他有一雙藍眼眸，眼神銳利但和善，不時望向自己的大肚子。他的臉色紅潤，髮色雪白。他這個人一眼就給人好感。他接待我們的房間，看起來活脫像是在法國鄉下的屋子，房裡擺飾的一、兩樣玻里尼西亞藝品看起來反而有點突兀。他雙手握住我的手──他的手好大──以誠摯的眼神注視著我，但他眼裡同時帶著敏銳的洞察力。他和布魯諾船長握手時，禮貌地問候夫人和小孩。兩人客套地交談了一會兒，聊了下島上的閒話，以及乾椰仁的行情和香莢蘭的產況；然後我們便談到我此行的目的。

我在此不打算逐字重述庫特拉斯醫生說的話，我會用自己的方式來說，因為我不敢奢望自己的二手傳播能企及他生動的敘述。他擁有一副搭配他身材的深沉而洪亮的嗓音，還伴隨著強烈的戲劇性。就如俗諺所言，聽他講話有如看戲一樣，而且還比大部分的戲劇精采。

庫特拉斯醫生似乎是有一天，去塔拉瓦奧看一名生病的女族長，他生動地描述那名肥胖的老婦躺在一張大床上，嘴裡呑雲吐霧，身旁圍繞著一群膚色黝黑的侍從。看過她後，他被帶進另外一個房間用餐——有生魚、炸香蕉和雞肉——我也不曉得，就是本地人標準的晚餐——用餐的同時，他瞥見門口有一名流淚的女孩被趕走。他當下沒多想，不過等到他出門上馬車，準備駕車回家時，他又瞧見了她，這時她人站在路邊，愁容滿面地看著他，淚水不住滾落雙頰。他問旁人她是怎麼了，這才知道她大老遠從山上下來，希望他能去看一位生病的白人。他們要她別來打擾醫生。他出聲喚她，親自問她有什麼事。她說是愛塔派她來的，就是以前待過浮花旅館的那位，她說紅毛佬病了。她往他手裡塞了一團捏皺的報紙，打開來後發現裡頭有張百元法朗紙鈔。

「紅毛佬是誰？」他問旁邊的人。

旁人告訴他，當地人就是這樣稱呼那個英國畫家，他和愛塔住在離這裡七公里遠的山谷裡。聽這樣的形容，他便知道說的是史崔蘭。不過那裡要步行才能到。他不可能會去的，因此他們才把那女孩趕走。

「我得老實說，」醫生轉向我說道：「我遲疑了。我並不喜歡來回走上十四公里的崎嶇小路，而且這樣我當晚便不可能回到帕皮提了。此外，我對史崔蘭並無好感。他是個懶散沒用的無賴，寧願和本地女子同居，也不願像大家一樣努力討生活。我的天哪，我怎麼曉得有朝一日全世界會奉他為天才？我問那女孩，他已經病到自個兒沒辦法下山來看我了嗎？我還問她覺得他是生了什麼病。她不肯回答。我逼問她，態度可能是兇了點，但她低頭看著地上，哭了起來。我無奈地聳聳肩；說到底，看病是我的職責，我惱怒地要她帶路。」

他到了後心情也沒變得比較好，整個人滿頭大汗，口乾舌燥。愛塔一直盼著他來，還走了一小段路出來接他。

「在我能看病前，請先給我點東西喝，不然我就要渴死了。」他大聲嚷嚷：「看在老天爺的份上，給我一顆椰子。」

她出聲呼喚，一個男孩子跑了過來。他攀上樹，馬上扔了一顆熟了的果子下來。愛塔在上頭戳個洞，醫生喝上一大口來解渴。然後他捲了根菸來抽，心情終於轉好了點。

「好了，紅毛佬在哪兒？」他問道。

「他在屋子裡畫畫。我還沒跟他說你要來。請進去看他。」

「不過他到底有什麼病？假如他還有力氣作畫，就應該有力氣下山到塔拉瓦奧來，省得我這樣一路折騰。我想我的時間不如他來得珍貴，是吧？」

愛塔沒吭聲，但她和那男孩跟著他往屋子走去。帶他來的那個女孩此時坐在陽台上，那裡躺著一名背靠著牆壁的老婦，手邊正在製作本地的香菸。愛塔手指著門。醫生不悅地猜想眾人行動為何如此怪異，就這樣走進門去，發現史崔蘭正在清理他的調色盤。畫架上擺著一幅畫。史崔蘭身上只披著一塊彩布，他背對門站著，但一聽到靴子聲便轉過頭來。

他朝醫生投射惱怒的眼神。他看到他很驚訝，很氣他這樣干擾他。但醫生卻倒抽一口冷氣，雙腳釘在地板上不動，眼睛發直盯著他看。他沒預料到這種情況。他渾身戰慄不已。

「你毫不客氣地進來了，請問有何貴幹？」史崔蘭說。

醫生恢復鎮定，但他費了好一番力氣才能開口說話。他之前的不悅一掃而空，他只感到——好吧，是啊，我也無從否認——他只感到無限的悲哀。

「我是庫特拉斯醫生。我去塔拉瓦奧看女族長，愛塔差人找我來看你。」

「她是個蠢蛋。我最近不過是有點疼痛，還有點發燒，但不嚴重，會好的。下次有人去帕皮提，我會請他幫我帶奎寧回來。」

「你照鏡子看看自己的模樣。」

史崔蘭瞟了他一眼，笑了一下，然後走向掛在牆上，用小木框鑲起來的廉價鏡子。

「怎樣？」

「你沒看到自己的臉有異狀嗎？你沒發現自己五官變得粗厚，長相變成——我該怎樣形容呢——書本上稱之為獅子臉的模樣嗎？可憐的朋友啊，一定要我告訴你，你患了惡疾嗎？」

「我？」

「你自己照鏡子，那就是痲瘋病患者的模樣。」

「你在開玩笑。」史崔蘭這樣說。

「我也希望如此。」

「你是想說我得了痲瘋病？」

「很不幸，的確是如此。」

庫特拉斯醫生對許多人宣告過死期，他始終無法克服這麼做時心裡的懼怖。他一直感到被宣布死刑的人，眼看醫生身心健康，還擁有生命寶貴的恩典，心裡一定恨之入骨。

史崔蘭不發一語看著他。他臉上看不出表情，那可憎的病已經毀掉他的面容。

「他們知道嗎？」他終於這樣問道，指著陽台上那些人，這會兒他們都不曉得為了什麼，安靜得極不尋常。

「本地人很清楚那些癥狀，他們不敢告訴你。」醫生這樣說道。

史崔蘭走到門前向外看。他臉看起來一定很可怕，因為他們都突然放聲大哭。他們的哭聲愈來愈大，眼淚簌簌淚下。史崔蘭不發一語。看了他們一會兒後，他回到房裡。

「你覺得我還能活多久？」

「誰曉得？這種病有時候拖上二十年。有時候快點結束反而是種解脫。」

史崔蘭走到畫架前，對著架上的畫沉思。

「你一路走來辛苦了。帶來重要消息的人理應獲得獎賞。把這幅畫拿去吧。現在它對你來說毫無意義，但將來有一天你可能會很高興擁有它。」

庫特拉斯醫生堅稱不需要報酬；他已經將一百法朗鈔票還給了愛塔，但史崔蘭堅持要他收下畫。然後兩人一起走到陽台上。本地人都哭得厲害。

「女人，安靜。把眼淚擦一擦，沒什麼大不了。我很快就會離開你的。」史崔蘭對愛塔說。

「他們不會把你給帶走吧？」她哭喊道。

當時群島上並無嚴格的隔離制度，痲瘋病患願意的話可以自由離去。

「我會到山上去。」史崔蘭這樣說。

此時愛塔站起來面對他。

「別人想走就讓他們走，可是我不會離開你。你是我的男人，我是你的女人。你要離開我的話，我就到屋子後面的樹上吊自殺。我對天發誓。」

她講這些話時有種不由分說的氣勢。她不再是那個聽話溫順的本地女孩，而是堅決的女子。她整個人脫胎換骨。

「你為什麼要跟著我？你可以回去帕皮提，你很快就能找到別的白種男人。老婦人可以照顧你的孩子，提亞蕾也會很開心你回去的。」

「你是我的男人，我是你的女人。你去哪裡，我就去哪裡。」

史崔蘭的堅強霎時間為之動搖，他雙眼泛出淚水，緩緩流下雙頰。然後他嘴邊浮現慣常的冷笑。

「女人真是奇怪的小動物。」他這樣對庫特拉斯醫生說：「你可以對她們跟狗一樣，你可以揍她們揍到手痠，她們還是愛你。」他聳聳肩。「當然了，基督教最可笑的謬誤之一，就是她們也擁有靈魂。」

「你在對醫生說些什麼？你不會走吧？」愛塔一臉狐疑地問道。

「可憐兒，你高興的話，我就留下來。」

愛塔腿一軟跪倒在他面前，雙臂抱住他的腿猛親。史崔蘭臉上帶著淺淺笑意，看著庫特拉斯醫生。

「最後她們還是得到了你，落在她們手上你無能為力。不管膚色深淺，她們都一樣。」

庫特拉斯醫生覺得這麼嚴重的病還出言安慰太過可笑，於是就此告辭。史崔蘭要那個男孩譚恩帶他回村子去。庫特拉斯醫生此時頓了一下，然後對我說道：

「我並不喜歡他，我說過我對他沒好感，但我慢慢走向塔拉瓦奧時，心裡一股欽佩之情油然而生，他居然能以無比堅毅的勇氣，忍受或許是人類最可怕的病痛。譚恩要離開時我告訴他，我會送可能派得上用場的藥過去；不過我不奢望史崔蘭會同意收下藥，更不敢冀望他收下藥後會有多少用處。我請那男孩轉告愛塔，只要她找我，我會馬上過去。人生艱苦，大自然有時就是喜歡折磨自己的子民。我懷著沉重的心情，駕車返回我在帕皮提舒適的家。」

好一會兒，我們都沒有人吭聲。

「可是愛塔沒再找我去，」醫生終於繼續說道：「我恰巧也很長一段時間沒到島上那一帶去。我沒聽到史崔蘭的消息。有那麼一兩次我耳聞愛塔去帕皮提買繪畫原料，但我沒碰見她。兩年後我才又來到塔拉瓦奧，這次也是來看那位老女族長。我問他們是否有史崔蘭的消息。此時到處都知道他得了痲瘋病。首先那個男孩譚恩離開了，之後不久老婦和孫子也走了。只剩下史崔蘭、愛塔和孩子們獨自生活。沒有人肯接近農場，因為你也知道的，本地人怕死了那種病，古時候得病的人還會被殺掉；不過有時候村子裡的男孩在山邊瞎攪和，會看見那個一臉紅色大鬍子的白人四處遊盪。他們會驚恐地逃跑。有時候愛塔會趁夜裡下來村落，搖醒小販，要他賣她手邊缺少的各種東西。她知道本地人看她的眼神，一如看待史崔蘭般恐懼嫌惡，她會避開他們。有一次，幾個女人冒險比平常更接近農場，看見她在溪邊洗衣服，便朝著她扔石頭。之後村民要小販轉告她，假如她敢再用溪水，就會有人去燒掉她的房子。」

「畜生。」我說。

「但不能這樣說，親愛的先生，人都一樣。恐懼令他們變得殘酷……我決定要去看史崔蘭，看完女族長後，我叫一個男孩帶路。但是沒有人肯陪我去，於是我不得不自己找路。」

庫特拉斯醫生抵達農場時，心底一陣忐忑不安。雖然一路走來很熱，他卻開始顫抖。空氣中瀰漫著一股令他卻步的敵意，他感覺有無形的力量阻擾他的前進。彷彿有看不見的手將他拉住。如今沒有人會靠近來摘採椰子，果實就這麼堆在地上腐爛。到處一片荒涼。灌木叢入侵農園，原始森林彷彿即將重新奪回那塊當初辛勞開墾出的土地。他有種感覺，這裡是痛苦的所在地。接近房子時，迎面而來的是一片死寂，一開始他還以為這裡已無人居住。然後他見著了愛塔。她一屁股坐在充當廚房的披屋裡，看著鍋裡煮的東西。她旁邊有個小男孩，默默地在泥土地上玩耍。看見他來，她並未露出笑容。

「我來看史崔蘭。」他說道。

「我去跟他說。」

她朝房子走去，走上通往陽台的幾階階梯，進到屋子裡去。庫特拉斯醫生跟在她後面，但順著她手勢在外頭乖乖等著。她打開門時，他聞到了痲瘋病患者令鄰里感到噁心的甜膩味道。他聽見她說話，然後他聽到史崔蘭回答，但他認不出他的聲音來。他聲音已經變得沙啞含糊。庫特拉斯醫生眉頭一蹙。他判斷病已經侵襲了他的聲帶。此時愛塔走出屋外。

「他不肯見你。請你走吧。」

庫特拉斯醫生不肯放棄，但她不讓他過去。庫特拉斯醫生聳聳肩，遭到婉拒沒一會兒後便轉身離去。她陪他走。他覺得她也想擺脫他。

「沒有我幫得上的忙了嗎？」他問道。

「你可以送他一些顏料，他不想要其他的東西。」她說。

「他還能畫嗎？」

「他現在在畫屋子的牆壁。」

「我可憐的孩子啊，你過得好慘。」

她最後還是笑了起來，眼裡洋溢著超乎常人的愛意。庫特拉斯醫生吃了一驚，他感到很訝異。然後他肅然起敬。他無話可說。

「他是我的男人。」她這樣說道。

「你另外那個小孩呢？」他問道。「我上次來你們有兩個孩子。」

「是啊，他死了。我們把他葬在芒果樹下。」

愛塔陪他走了一小段路後，就說她必須回頭了。庫特拉斯醫生猜她是害怕再往前會遇見村子裡的人。他再次告訴她，需要他的話，只消捎個訊息他便馬上過來。

56

之後兩年過去了，也可能是三年。時間在大溪地都消失於不知不覺間，很難仔細計數，庫特拉斯醫生接到訊息說史崔蘭快要死了。愛塔攔住送郵件進帕皮提的貨車，央求司機立刻趕去找醫生。不過愛塔的傳喚抵達時，醫生正好外出，他一直要到傍晚才收到訊息。天色已晚，此時也不可能動身，要到隔天天亮後他才出發。他抵達塔拉瓦奧後，最後一次徒步行過通往愛塔家的那七公里路。路徑上長滿野草，顯然多年來鮮少有人走過。路並不好找。有時他必須在溪流的河床上顛躓前進，有時他必須徒手穿越濃密多刺的灌木叢；他還常常不得不攀上岩石，躲避頭頂掛在樹梢上的大黃蜂窩。四下闃寂無聲。

終於抵達那幢外牆沒上漆的小房子時，他鬆了一口氣，房子如今破舊不堪、邋遢凌亂，但那令人難以忍受的寂靜依舊。他走上前去，一個小男孩在大太陽底下無憂無慮地遊玩，一看見他上前便一溜煙跑走：對他來說，這位陌生的來者有如敵人。庫特拉斯醫生覺得那個小孩一定正躲在樹後偷偷看他。大門敞開著。他出聲呼喚，但無人回應。他走了進去。他敲了一扇門，還是沒人回應。他轉動門把走了進去。迎面而來的惡臭令他反胃噁心。他拿手帕摀住鼻子，強迫自己往前進。屋裡光線黯淡，經歷過方才耀眼的陽光後，他一時看不見任何東西。這時他嚇了一跳。他搞不清楚自己究竟置身何處。他彷彿突然進入一個魔幻世界。隱約之間他似乎見到一片廣袤的原始森林，四周有人赤身裸體行走於樹下。然後他才明白這些是牆上的畫。

「我的老天，希望我沒被太陽給曬昏頭。」他喃喃說道。

一陣窸窣聲吸引了他的注意，他瞥見愛塔躺在地上啜泣。

「愛塔，愛塔。」他喊著。

她沒回應。難聞的惡臭再度襲來，教他幾乎暈厥，於是他點了根平頭雪茄。他雙眼逐漸適應了黑暗，盯著彩繪的牆面，他被一股強烈的感受攫住全身。他不懂繪畫，但這些畫有種撼動他的特質。牆面從地板到天花板蓋滿奇異而精妙的構圖。其美妙和神祕難以形容。他為之屏息。心裡溢滿他自己也不了解、無法分析的情緒。他感受到一個人目睹世界誕生時的那種敬畏和喜悅。氣勢宏大、感官敏銳、熱情奔放，然而其中也帶著一種可怕，令他感到恐懼的元素。畫出這幅作品的人深入大自然隱蔽的最深處，發掘了當中美麗而恐怖的祕密。作畫者了解人類所不知的邪惡真相。在那當中有種原始而可怕的東西。那並非人世所有。他腦海裡隱約想起了黑魔法。它美麗而猥褻。

「我的老天，這真是天縱英才。」

他不由自主吐出這句話，自己還渾然未覺。

接著他眼睛落在牆角以墊子鋪成的床上，他上前去，看到史崔蘭慘不忍睹、不成人形的軀體。他死了。庫特拉斯醫生硬著頭皮，屈身俯看他那飽受摧殘的慘狀。突然他心底一凜，嚇了好大一跳，因為他感覺到身後有別人在。原來是愛塔。他沒聽見她上前的聲音。她站在他肘側，看著他正在注視的景象。

「老天爺，我神經整個都緊繃起來了，你把我嚇個半死。」他說。

他眼光回到那具曾經擁有生命的淒慘屍體上，然後突然一驚。

「可是他已經瞎了。」

「對，他瞎了快一年了。」

57

此時來訪的庫特拉斯夫人打斷了我們的談話。她就像一艘滿帆的船行駛進來，她的外貌偉岸，身材高大魁梧，胸脯寬厚、腰圍肥胖，直挺挺的馬甲勒得很緊。她有著顯眼的鷹勾鼻和三層下巴。她的姿態挺直。她絲毫不曾對熱帶令人委靡的魅力讓步，相反地，她所展現的活力、世故和決斷，遠超過身在溫帶的人的想像。她顯然很健談，滔滔不絕吐出一連串趣聞和評論。她讓我們方才的談話內容感覺好遙遠，好不真實。

庫特拉斯醫生隨即轉身面對我。

「我辦公桌裡還有史崔蘭給我的那張畫，你想看嗎？」他說道。

「樂意至極。」

我們起身，他領我走到環繞屋子的迴廊上。我們駐足欣賞他花園裡怒放的艷麗群花。

「有好長一段時間，我腦海裡一直縈繞著，史崔蘭在他房子牆面上繪製的驚人圖畫。」

他細細思索後說道。

我心裡也一直想著這件事。我覺得史崔蘭似乎終於將自己全部表達出來了。他默默地工作，心裡明白這是他最後的機會，我想他於此一定說出自己對人生所有的了解，以及他洞見的視界。我想他或許在此終於覓得安心。附在他身上的惡魔終於被袪除，他畢其一生不過都是在準備畫出這幅作品，隨著作品的完成，他疏遠而飽受折磨的靈魂終獲安息。他決意赴死，因為他已經完成使命。

「主題是什麼？」我問道。

「我根本不知道。它古怪而奇妙。它是創世紀的幻象，有亞當與夏娃的伊甸園——我也不曉得——它是對男女人體之美的頌歌，對崇高、漠然、可愛又殘酷的大自然的禮讚。它讓你深刻感受到空間無垠際，時間無窮盡。因為他畫出了我每天在周遭看到的樹木，椰子樹、榕樹、鳳凰木、鱷梨，自此之後我便以不同的眼光看待它們，彷彿它們裡頭住有靈魂，包含著我伸手就要觸及卻一直給溜走的玄祕。色彩是我熟悉的色彩，卻又截然不同。它們擁有自己獨一無二的深意。還有那些裸體的男男女女。他們隸屬於大地，卻又有所區隔。他們似乎擁有造出他們的泥土的特質，與此同時也具有其神性。你看見人赤裸的原始本能，而你感到害怕，因為你看見了你自己。」

庫特拉斯醫生聳聳肩露出微笑。

「你一定會笑我。我是個唯物論者，還是個粗俗的肥佬——法斯塔夫，對吧？——這麼感性著實不適合我。我讓自己顯得很荒唐。但我從沒見過讓我印象如此深刻的畫。對了，當時的感覺就像我當初去到羅馬的西斯亭禮拜堂一樣。我在那裡也為了繪製那片天花板的人的偉大而肅然起敬。那真是天縱英才，令人震懾而傾倒。我感覺到自己的渺小及無足輕重。但米開朗基羅的偉大，你事先便有心理準備。而我絲毫沒有料到會在遠離文明世界的塔拉瓦奧山凹，在當地人的小屋裡，會接受到這些畫的強烈衝擊。而且米開朗基羅神智清明而健康。他那些偉大作品有種屬於崇高的鎮靜；但這些畫美則美矣，卻令人心神不寧。我不曉得那是什麼。它讓我感到不安。它給我的感覺就像你緊鄰著一個你知道空無一人的房間，但你不知道為什麼卻提心吊膽地覺得有人在。你會罵自己笨，你知道那只是神經過敏——不過，可是……沒一會兒，你再也無法抵擋恐懼籠罩自身，你被看不見的恐怖攫住而無能為力。的確，我必須坦承，當我聽說那些奇異的傑作被毀掉時，我並非全然感到可惜。」

「被毀掉了？」我叫了出來。

「對啊，你不曉得嗎？」

「我怎麼會知道？的確，我沒聽說過這件作品，不過我想或許它落入了某位私人收藏家的手中。即使到了現在，史崔蘭的畫作依然沒有確切的清單。」

「他眼睛漸漸看不見時，常會在那兩間他彩繪的房間裡坐上好幾小時，用他看不見的雙眼注視作品，而他看見的說不定比他這一輩子所看到的都還要多。愛塔告訴我，他不曾抱怨過命運，不曾喪失勇氣。一直到最後，他的心智都保持平靜，不受干擾。但他要她答應，葬完他之後——我告訴過你，我親手幫他挖墳墓嗎？因為當地人都不願意接近被感染的屋子，我和她，我們兩個埋了他，我們用三條纏腰布將他裹住縫起來，埋在芒果樹下——他要她答應，放火燒掉房子，而且直到房子化為焦土、半根木材都不剩之後才能離開。」

我好一會兒不發一語，因為我在思考。然後我開口說道：

「看來他到最後一直都沒變。」

「你了解嗎？我必須告訴你，我覺得有責任勸阻她。」

「即使發生過你剛才說的那一切？」

「對；我知道那是曠世巨作，我認為我們沒有權力讓它從這世界上消失，但愛塔不肯聽我的話。她許下了承諾。我不願留下來目睹那野蠻的行為，我一直到後來才曉得她幹了什麼事。她將煤油澆在乾地板和露兜樹草蓆上，然後放了一把火。過沒多久便灰飛煙滅，只剩下悶燒的餘燼，一幅偉大的傑作就此不復存在。」

「我想史崔蘭自己知道那是一幅傑作。他成就了自己的願望。他的人生就此圓滿了。他創造出一個世界，他看到其美好。接著出於自負和輕蔑，他毀滅了它。」

「可是我一定得讓你看我那幅畫。」庫特拉斯醫生邊說邊往前走。

「愛塔和孩子後來怎樣了？」

「他們去了馬克沙斯。她在那裡有親戚。我聽說小伙子在卡麥隆的縱帆船上工作。他們說他長得很像爸爸。」

來到迴廊通往醫生診療室的門口，他停了下來，臉上浮現微笑。

「那是一幅水果的畫。你會覺得這幅畫並不很適合醫生的診療室，但我老婆不准我放在會客室裡。她說那幅畫坦白說就是猥褻。」

「水果畫！」我意外地驚呼。

我們一進入房間，我眼神立刻落在那幅畫上。我盯著它看了好久。

畫裡是一堆芒果、香蕉、柳橙和我不知道名字的水果，第一眼這幅畫看起來並無異狀。在後印象派畫展中，不專心的觀眾可能會覺得這是一幅好畫，但算不上這個流派的代表作品；不過日後他腦海中可能會憶起這幅作品，連他自己都不曉得為什麼。我覺得屆時他想忘也忘不掉了。

畫的色彩極為奇異，言語難以形容其引起的激盪。色彩有各種陰沉的藍，像是用青金石精心雕成的砵般晦暗，卻又搖曳著一層光澤，教人想起神祕生命的顫搏；也有多種酷似腐敗生肉般駭人的紫，但也閃爍著一種官能的熱情，讓人憶起赫利奧加巴盧斯（Heliogabalus）時期羅馬帝國的希微回憶；有像冬青漿果般顯眼的豔紅——你會想起英國的耶誕節，還有靄靄白雪、節慶佳肴及孩童的喜悅——然而這樣的紅彩彷彿被施了魔法而變得柔和，嬌嫩得有如鴿胸般令人陶醉；有因為不正常的激情而殞沒的深黃色，化成春天般馥郁、如山中潺潺溪水般純淨的翠綠。誰說得上歷經怎樣痛苦的想像力，才畫得出這些水果？它們當屬於赫斯珀里得斯仙女（Hesperides）的玻里尼西亞花園。它們有種奇特的活力，彷彿創造於地球黑暗過去的年代，當時事物的形態尚未不可改變地固定下來。它們奢靡淫逸，散發沉甸甸的熱帶氣味。它們似乎自有一種陰鬱的激情。這是魔性之果，嘗一口就會開啟天曉得通往靈魂何等祕密及想像力玄奧殿堂的大門。它們暗暗蘊含始料未及的危險，吃下去會讓人變身為野獸或神祇。所有健康自然的一切，隸屬於幸福的關係以及平凡人簡單的喜悅的一切，都避之唯恐不及；然而其中帶著一種令人害怕的吸引力，就像分辨善惡的智慧之果一樣，未知的可能性駭人耳目。

最後我終於別過眼去。我感覺史崔蘭至死都守住自己的祕密。

「雷內，我的朋友，你瞧，」此時傳來庫特拉斯夫人大嗓門的快活聲音，「你這都在幹麼了？我送來了開胃酒。你問先生想不想喝一小杯金雞納杜波奈酒。」

「夫人，樂意至極。」我邊說邊走上迴廊去。

魔咒消失於無形。

58

我離開大溪地的時候到了。依照島上親切的習俗，我遭逢過的人們都送來了禮物——有椰子樹葉編成的籃子、露兜樹做成的墊子、扇子；提亞蕾給了我三顆小珍珠，還有三罐她用圓胖的手親自製作的芭樂果醬。從威靈頓到舊金山的郵件船在這兒停靠了二十四小時，當它鳴起船笛通知乘客上船時，提亞蕾將我擁入她的大胸脯中，我彷彿陷入一片波濤洶湧的海裡，她豔紅的唇也貼上了我的嘴。她眼裡閃爍著淚光。當我們從潟湖慢慢推進，小心翼翼地穿過礁岩，航向外海時，一陣憂傷向我襲來。微風吹來仍帶著陸地上宜人的氣息。大溪地已遠，而我明白自己再也見不到它了。我人生中一個章回已經終結，我感覺自己距離無可避免的死期又更近一步。

一個多月後，我人在倫敦；打點好一些必須馬上處理的事務後，我心想史崔蘭夫人可能想知道，我對她丈夫生前最後的時光了解多少，於是我提筆寫信給她。戰爭開始前我便很久沒見過她了，還得翻電話簿找她的住址。她跟我約了個時間，我便前往坎普頓丘她現在居住的整潔小房子。此時她已經是年近六十的婦人，但她不顯老，沒有人會覺得她超過五十歲。她的臉清瘦而皺紋不多，是那種老得優雅的臉，你會以為她年輕時一定是個美女，事實上卻不然。她的頭髮還沒變得太過灰白，梳理得相當合宜，身上一襲黑袍也頗時髦。我記得聽人說過，她姊姊麥克安德魯夫人只比她丈夫多活了幾年，留了一筆錢給史崔蘭夫人；從房子的外觀和前來開門的端莊女傭看來，這筆錢足夠讓這位遺孀生活無虞。

我被引進會客室裡，發現史崔蘭夫人另外有一位訪客，知道他的身分後，我猜她跟我約這個時間並非別無用意。訪客是位美國人，名字叫做范．布許．泰勒先生，史崔蘭夫人邊帶著迷人的微笑向他賠罪邊向我解釋。

「你也知道，我們英國人就是不諳世故。請原諒我必須解釋一番。」語畢她轉向我這邊。「范．布許．泰勒先生是美國著名的評論家。你要是沒讀過他的書，知識就太落伍了，一定得馬上跟上才行。他正在撰寫關於親愛的查理的文章，於是來請我幫他忙。」

范．布許．泰勒先生身子很單薄，卻有顆頭骨畢露的大光頭；在他那碩大的頭蓋骨底下，有張皺紋深刻的蠟黃臉孔，相形之下顯得很小。他不多話，極度有禮貌，講話帶著新英格蘭口音，舉止有種蒼白的冷漠，讓我不禁自問，他究竟為何會想研究查爾斯．史崔蘭。史崔蘭夫人提到丈夫名字時的溫柔口吻令我覺得有趣，他們倆交談時我仔細打量身處的這個房間。史崔蘭夫人與時並進。莫里斯風格的壁紙不見了，樸素的印花棉布不見了，她在阿士利花園的起居室牆壁上點綴的阿倫德爾版畫也不見了；房間裡躍動著活潑的色彩，我不曉得她是否知道，這些她跟從流行所選擇的多彩色調，都源自南太平洋一座島嶼上某位窮畫家的夢想。她自己把答案告訴了我。

「你的椅墊好棒。」范．布許．泰勒先生說道。

「你喜歡嗎？」她笑著說。「這是巴克斯特（Léon Bakst）呢。」

然而牆上掛了幾幅史崔蘭代表作的彩色複製品，這些都是柏林一家出版商運作的結果。

「你在看我的畫呢，當然了，我沒辦法拿到原作，不過能擁有這些已經很值得欣慰。是出版商親自寄來給我的。這些畫對我來說真是一大慰藉。」隨著我的眼神看過去後她這樣說。

「生活中有這些畫一定很愉快。」范．布許．泰勒先生說。

「的確，基本上是很好的裝飾。」

「那是我最由衷的信念，偉大的藝術一定是好的裝飾品。」范．布許．泰勒先生說。

兩人眼神停留在一名正在為嬰孩餵奶的裸體女子身上，他們身旁有位屈膝跪著的女孩，手中握著一朵花要遞給那不知世事的孩子。一旁有個滿臉皺紋、骨瘦如柴的老太婆朝著他們看。這是史崔蘭對聖家的詮釋。我會這樣想是因為這些人物就坐在他塔拉瓦奧的家裡頭，畫中的女人和嬰孩就是愛塔和他的長子。我不禁自問，史崔蘭夫人對這些事實是否知情。

談話繼續下去，我實在佩服范・布許・泰勒先生很有技巧地迴避了所有可能造成尷尬的話題，也讚歎史崔蘭夫人居然能巧妙地不說一句謊言，讓人以為她和丈夫之間的關係一向美滿。最後范・布許・泰勒先生終於起身要離開。他握住女主人的手，或許有點太過刻意但絕對彬彬有禮地表達感謝之情，然後離我們而去。

「希望他沒讓你覺得厭煩，」他出去關上門後，她這樣說道：「有時候的確是有點討厭，不過我覺得我應該將自己對查理所知道的一切與人們共享。身為天才的妻子有其責任在身。」

她和藹可親的眼睛盯著我看，她的眼神和二十多年前一樣坦率而友善。我不曉得她是否在捉弄我。

「你沒繼續做生意了吧？」我問。

「對啊，」她漫不經心地回答：「經營那門生意比較是因為嗜好，孩子們說服我將它脱手。他們覺得那對我來説太過勞累。」

看來史崔蘭夫人已經忘記自己曾經必須不顧顏面地討生活。她有好人家女子真正的天生本能，覺得靠別人的錢過活才是正道。

「他們現在都在這兒，我覺得他們會想聽你説他們父親的事。你還記得羅伯特吧？我很開心他被推薦授予軍功十字勳章。」她説。

她走到門邊叫他們。門口走進一位穿著卡其色制服的高個兒男子，他脖子上戴著牧師領，人看起來有點乏味但確實英挺，眼神一如我記憶中那個男孩般直率。身後跟著他妹妹，年紀應該跟我當年認識她母親時相仿，她和母親十分相似，給人的印象也會讓人誤以為她年輕時一定比實際上來得漂亮。

「我想你一定不記得他們了，我女兒現在是朗諾森夫人了。她丈夫是砲兵少校。」史崔蘭夫人臉上帶著自豪的笑容。

「他是一路從小兵當上來的，所以現在才只是少校。」朗諾森夫人快活地說道。我仍記得許久以前便預期她會嫁給軍人。這是一定的。她擁有軍人妻子的全部特質。謙恭有禮，卻無法隱瞞自個兒內心深信自己與眾不同。羅伯特的態度輕鬆愉快。

「真是走運，剛好我人在倫敦而你來了，我只有三天假。」他說道。

「他等不及要收假回營呢。」他母親這樣說。

「這個嘛，我也不怕承認，我在前線過得很愉快。我結交許多好朋友。那真是一等一的生活。當然戰爭很糟糕，還有很多其他的事情；不過它卻會讓一個人展現出最好的一面，這點無可否認。」

接著我告訴他們自己所知，關於查爾斯．史崔蘭在大溪地的一切。我覺得沒有必要提及愛塔和她生下的兒子，但其他的我盡所能照實詳述。說到他淒涼而終時我便停了下來，有那麼一會兒我們都默默不語，然後羅伯特．史崔蘭劃了根火柴點菸。

「上帝的磨坊磨得慢，卻磨得很細。」他一副語重心長的模樣。

史崔蘭夫人和朗諾森夫人低下了頭，臉上帶點虔誠的神情，我相信她們一定以為這是引用自聖經上的話。真的，要說羅伯特．史崔蘭自己沒這樣的錯覺，我才不相信。我也不曉得自己怎會突然想起史崔蘭和愛塔生的兒子。他們告訴我，他是個快活爽朗的小伙子。我腦海裡浮現他的模樣，他人就在自己幹活的縱帆船上，身上只穿著一條丹加利褲；夜裡船靠著微風吹動航行，水手們聚在上甲板，而船長和隨船大班倚靠在摺疊躺椅上，嘴裡抽著菸斗，我看見他和另一名小伙子，隨著六角手風琴呼嘯的樂音放肆狂舞。頂上是一片穹蒼與星斗，周遭圍繞著荒袤的太平洋。

本來我差點脫口說出聖經上的一句話，但我硬是忍住，因為我曉得牧師們認為凡人踰越他們的本分實屬不敬。我那位擔任惠斯塔布教區代牧二十七年的亨利叔叔，碰到這種狀況總是會說，魔鬼為了達成目的也會引用聖經。他也記得當年一先令買得到十三顆大牡蠣。

毛姆年表

麥田編輯部整理

一八七四年	生於法國巴黎，父親Robert Ormond Maugham（1823-1884）是英國大使館派駐巴黎的律師，母親Edith Mary *née* Snell（1840-1882）自幼便罹患肺結核。
一八八二年	母親死於肺結核。
一八八四年	父親死於癌症，毛姆被送回英國由叔叔Henry MacDonald Maugham（1828-1897）照顧，入坎特伯里國王學校（The King's School, Canterbury）就讀。
一八九〇年	赴德國海德堡大學（Heidelberg University）研讀文學、哲學及德文，於此邂逅大他十歲的John Ellingham Brooks (1863-1929)，兩人發展同性戀情。
一八九二年	於英國倫敦的聖湯瑪斯醫院（St Thomas' Hospital）研讀醫學。
一八九七年	獲得外科醫生資格，但從未執業。發表第一本小說作品《蘭貝斯的莉莎》（*Liza of Lambeth*）大獲成功，從此棄醫從文。
一九〇三年	發表首部劇作《體面的男人》（*A Man of Honour*）。

一九〇七年	劇作《弗雷德里克夫人》（*Lady Frederick*）大獲成功，此後毛姆創作了包括《傑克．斯特洛》（*Jack Straw*）、《忠實的妻子》（*The Constant Wife*）等近三十齣劇作，事業如日中天。
一九一四年	結識美國青年 Gerald Haxton（1892-1944），兩人成為伴侶，相伴三十餘年，Gerald Haxton 並擔任毛姆的祕書，協助處理工作事務。
一九一五年	出版四大代表作之一的小說《人性枷鎖》（*Of Human Bondage*）。
一九一七年	與 Gwendolyn Maude Syrie Barnardo (1879-1955) 結為夫妻，婚後育有一女 Elizabeth Mary Maugham (1915-1981)。
一九一九年	出版四大代表作之一的小說《月亮與六便士》（*The Moon and Sixpence*）。
一九二九年	與 Gwendolyn Maude Syrie Barnardo 離婚。
一九三〇年	出版四大代表作之一的小說《尋歡作樂》（Cakes and Ale）。
一九三四年	《人性枷鎖》首度改編電影。

一九四二年	《月亮與六便士》改編電影，並獲奧斯卡獎提名。
一九四四年	出版四大代表作之一的小說《剃刀邊緣》（*The Razor's Edge*）。同年，**Gerald Haxton** 死於肺結核，**Alan Searle (1905-1985)** 取而代之成為毛姆的祕書兼情人。
一九四六年	《人性枷鎖》二度改編電影。《剃刀邊緣》首度改編電影。
一九四七年	成立毛姆文學獎（Somerset Maugham Award），鼓勵英國三十五歲以下的小說創作者。
一九五四年	獲女王名譽勳位（Queen's Companion of Honour）。
一九六一年	獲母校德國海德堡大學授予名譽理事（Honorary Senator of Heidelberg University）。
一九六四年	《人性枷鎖》三度改編電影。
一九六五年	十二月十六日毛姆死於法國。

GREAT! 22 **月亮與六便士**

The Moon and Sixpence by W. Somerset Maugham

作　　者	毛姆（W. Sommerset Maugham）
譯　　者	陳逸軒
主　　編	徐凡
封面設計	鄭婷之
責任編輯	巫維珍（一版）　丁寧（二版）
國際版權	吳玲瑋
行　　銷	闕志勳　吳宇軒
業　　務	李再星　陳美燕
總 編 輯	巫維珍
編輯總監	劉麗真
事業群總經理	謝至平
發 行 人	何飛鵬
出　　版	麥田出版 地址：115台北市南港區昆陽街16號4樓 電話：(02) 25000888 傳真：(02) 25001951 發行：英屬蓋曼群島商家庭傳媒股份有限公司城邦分公司 地址：115台北市南港區昆陽街16號8樓 書虫客戶服務專線：(02) 25007718 ; 25007719 24小時傳真服務：(02) 25001990 ; 25001991 讀者服務信箱：service@readingclub.com.tw 劃撥帳號：19863813　戶名：書虫股份有限公司
香港發行所	城邦（香港）出版集團有限公司 地址：香港九龍土瓜灣土瓜灣道86號順聯工業大廈6樓A室 電話：(852) 25086231 傳真：(852) 25789337
馬新發行所	城邦（馬新）出版集團 【Cite (M) Sdn Bhd】 地址：41-3, Jalan Radin Anum, Bandar Baru Sri Petaling, 57000 Kuala Lumpur, Malaysia. 電話：(603) 90563833　傳真：(603) 90576622 email:services@cite.my
印　　刷	前進彩藝有限公司
初　　版	2013年12月
二版六刷	2024年8月
定　　價	350元
I S B N	978-626-310-437-2
電 子 書	978-626-310-464-8(EPUB)

國家圖書館出版品預行編目（CIP）資料

月亮與六便士／毛姆（W. Sommerset Maugham）著；陳逸軒譯. --
二版. -- 臺北市：麥田出版：家庭傳媒城邦分公司發行,
2023.06
面；　公分. --（Great! ; 22）
譯自：The moon and sixpence
ISBN 978-626-310-437-2（平裝）

873.57　　1102003743

Printed in Taiwan.